5天4夜玩首爾！

K-POP
追星旅遊
必學韓語

全書音檔下載　　　　影片_出發前

iOS系統請升級至iOS 13後再行下載
此為大型檔案，建議使用WIFI連線下載，以免占用流量，
並確認連線狀況，以利下載順暢。

머리말

시간이 지나면서 조금씩 수그러들지 않을까 했던 K-Pop 열풍은 오히려 시간이 갈수록 더욱 뜨겁게 지구촌 곳곳으로 퍼져 나가고 있습니다. K-Pop 팬들 역시 과거와는 조금씩 달라지고 있습니다. 이제 단순히 인터넷을 통해서 K-Pop 아티스트들의 영상을 찾아보는 데 그치지 않고 자신이 좋아하는 K-Pop 아티스트를 만나고 인터넷에서 본 한국의 다양한 문화를 경험해 보기 위해 직접 한국을 방문하거나 방문하기를 희망하는 K-Pop 팬들이 점차 많아지고 있습니다.

그렇다면 K-Pop을 좋아하고 한국으로의 여행까지 계획하고 있는 이 K-Pop Travelers는 과연 어떤 연령대의 사람들이며, 어떤 여행 스타일을 선호할까요? 또 어디에서 묵으면서 어떤 음식을 먹고, 어떤 장소에 가고 싶어 할까요? 그리고 그들이 한국 여행 중에 마주할 크고 작은 일들을 해결하기 위해 가장 필요한 한국어 표현은 과연 어떤 말들일까요?

필자와 다락원의 한국어출판부 편집진은 이러한 질문들에 대한 많은 고민을 녹여 이 책 한 권에 담고자 했습니다. 여러 외국인들의 설문 조사 의견까지 더한 Korean for K-Pop Travelers는 한국 여행을 결정한 K-Pop Travelers에게 가장 필요한 한국어 표현들을 담은 여행 회화 책인 동시에, 그들의 여행 목적과 스타일에 맞춰 가장 알맞은 여행 코스를 제안해 주는 훌륭한 여행 안내서입니다.

이 책은 K-Pop 아티스트의 콘서트를 관람하기 위해 4박 5일의 일정으로 서울을 방문한 K-Pop Travelers의 한국 여행이라는 콘셉트를 스토리텔링 기법을 적용하여 구성하였습니다. 다른 책들과 차별화되는 점은 이러한 여행 일정과 교재의 한국어 표현들을 생생한 동영상을 통해 만나 볼 수 있다는 것입니다. 이를 위해 현재 활동하고 있는 K-Pop 그룹인 페이버릿의 멤버들이 서울에서 꼭 가 볼 만한 관광지를 다니며 직접 보고, 맛보며, 느낀 체험을 영상에 재미있게 담았습니다. 여행지 곳곳의 매력과 특징들이 담긴 영상에는 한국어 표현과 영어 자막이 함께 들어 있어 학습자의 이해를 더욱 높였습니다.

끝으로 한국어 학습자를 위해 좋은 책을 기획하고 집필을 제안해 준 다락원 한국어출판부 편집진과 좋은 영상을 만들기 위해 노력해 준 페이버릿 멤버들과 관계자 여러분들께 깊은 감사의 말씀을 드립니다. 이 책이 한국 여행을 계획하고 있는 해외의 K-Pop 팬들에게 많은 도움이 될 수 있기를 진심으로 바라봅니다.

안용준

心想是否會隨著時間流逝而消退的K-POP熱潮，反而隨著日子一天天過去越來越火熱，遍布全球各地。K-POP粉絲果然也與以往大有不同。如今K-POP粉絲不再僅止步於透過網路觀看K-POP藝人們的影片，為了與自己喜歡的K-POP藝人相遇並親身體驗網路中看到的各種韓國文化，親自訪問韓國或希望能訪問韓國的K-POP粉絲正逐年增加。

那麼，喜歡K-POP而計畫前往韓國旅遊的這些K-POP遊客到底是哪個年齡層的人、喜歡什麼樣的旅遊風格？他們要住在哪裡、吃什麼樣的美食、想去什麼景點？還有，為了解決他們在韓國旅行中遇見的大小事，最需要的韓語表現究竟是哪些句子？

筆者與多樂園韓語出版部編輯團隊對於這類問題絞盡腦汁，想將它們收錄在這麼一本書裡。針對多名外國人進行問卷調查的《K-POP追星旅遊韓國語》，對決定前往韓國旅遊的K-POP遊客來說，既是一本收錄必備韓語表現的旅遊會話書，也是一本配合他們旅遊目的與風格給予最適當旅遊路線建議的優秀旅遊指南。

本書搭配說故事手法，詮釋K-POP遊客以「為了觀看K-POP藝人演唱會而安排五天四夜行程訪問首爾，來場韓國之旅」的概念編製而成。與其他韓語旅遊書的差別在於，學習者可以藉由影片看到這樣的旅遊行程和教材中的韓語表現。為此，大家可以從歡樂呈現的影片中看到，現今正活耀於演藝圈的K-POP團體「Favorite」成員們親自前往首爾當地一定要去的觀光景點、品嘗美食與體驗文化。在收錄各地觀光景點魅力與特徵的影片中，也內嵌韓語表現與中文字幕，提升學習者的理解力。

最後，我要向與我提案，為韓語學習者企劃並執筆好書的多樂園韓語出版部編輯團隊以及為拍攝出好影片而努力的「Favorite」成員們與工作人員表達誠摯的感謝。真心期望這本書能帶給計畫前往韓國旅行的海外K-POP粉絲們極大的幫助。

安鏞埈

● 韓語羅馬拼音

　　羅馬拼音標記法是為了幫助不懂韓文的外國人，看著以羅馬拼音寫下的韓國地名或人名等，盡可能發出與韓國人相似讀音的標記方式。因為這是借用羅馬拼音表達韓語的標記方式，在拉丁文普遍排列順序或發音方式上，勢必與其他許多活用拉丁文標記的語言不同。因此，為了讓大家可以更加正確地活用本書中使用的羅馬拼音標記法，請充分熟悉下表中韓文子音、母音之羅馬拼音標記方式與發音方法後再開始學習。

▶ 한글 자음 韓文子音

[k],[g]	[k]	[n]	[t],[d]	[t]	[l],[r]	[m]
ㄱ	ㅋ	ㄴ	ㄷ	ㅌ	ㄹ	ㅁ
[p],[b]	[p]	[s]	[j]	[ch]	[ng]	[h]
ㅂ	ㅍ	ㅅ	ㅈ	ㅊ	ㅇ	ㅎ
[kk]	[tt]	[pp]	[ss]	[jj]		
ㄲ	ㄸ	ㅃ	ㅆ	ㅉ		

[a]	[eo]	[o]	[u]	[eu]	[i]	[ae]	[e]
ㅏ	ㅓ	ㅗ	ㅜ	ㅡ	ㅣ	ㅐ	ㅔ

[ya]	[yeo]	[yo]	[yu]	[yae]	[ye]		
ㅑ	ㅕ	ㅛ	ㅠ	ㅒ	ㅖ		

[wa]	[wae]	[wo]	[we]	[oe]	[wi]	[ui]	
ㅘ	ㅙ	ㅝ	ㅞ	ㅚ	ㅟ	ㅢ	

　　韓語的羅馬拼音標記法是根據韓語標準發音法書寫為原則。基本上韓文的子音、母音與羅馬拼音大部分是 1：1 相對應，但實際套用時，為了反映出各種發音規則，可能呈現出來的羅馬拼音會與表格不同。譬如「종로」，「ㅈ＝j、ㅗ＝o、ㅇ＝ng、ㄹ＝r (l)、ㅗ＝o」，會想說羅馬拼音應該要拚成「Jongro」才對，但韓國人實際上唸「종로」這個字時，會根據發音規則發為〔종노〕，而羅馬拼音反映實際發音，便標記為「Jongno」。

目錄

如何使用本書

觀看旅行出發前的影片，開始你的閱讀體驗吧！

● 暖身

本書以 15 個單元構成，首頁都是以單元標題搭配旅遊主要內容的代表性圖片一起呈現。大家可在這一頁預覽簡短的旅遊介紹，以及該單元可以學到哪方面的表現與字彙。

● QR Code

你可以掃描 QR Code，觀看韓國偶像團體 Favorite 拍攝的影片。透過每單元約 4 到 5 分鐘的影片，可以更有臨場感的學習該單元可學到的主要表現與字彙。

● 實境生活對話

大家可以透過實際旅遊影片擷取的畫面事先了解符合情境、可應用的韓語表現與字彙，興致勃勃地期待該單元的內容。

右側書眉就像索引一般，可區分確認五天四夜旅程中該日的行程。

● 表現

我們提供各主題和情況中最實用的韓語表現。你可以藉由各情境表現的音檔確認正確發音並進行練習。每個句子都附有羅馬拼音並搭配中文翻譯，幫助你更快速地理解表現的意思。

● 多說幾句吧！

這個部分是由前面提供的基本表現之外，還可多加練習的各種表現所構成。我們挑選了現實對話中也能立即使用的例句。

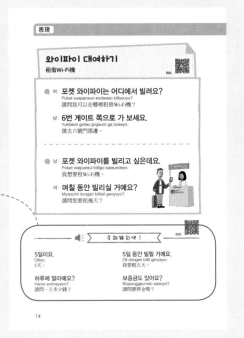

● 好用的句型

我們會簡單說明，並整理韓語中不斷重複使用或文法上經常出現之助詞或副詞等的活用內容。

● 來練習吧！

這個部分可讓你熟悉前面學過的基本句型，替換單字加以應用，盡可能活用所學。你可以聆聽音檔跟著練習。

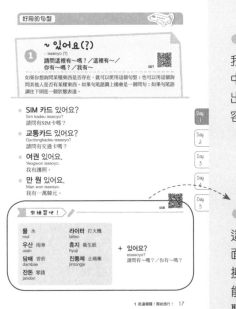

● 單字

由生動照片與插圖編排而成的單字部分，可學習並確認各種字彙的意思與表現，單字部分同樣也可藉由音檔確認正確發音。

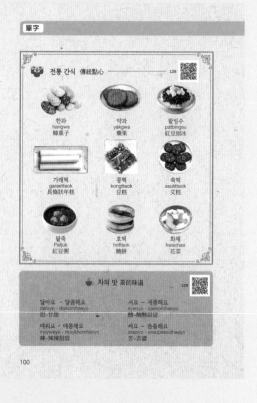

● Tip

由於大家可以從其他地方學習到韓國文化，因此會以補充說明的方式放入該單元未能收錄的文化 Tip。在單字篇不僅可以提升韓語字彙和表現，還能增進對韓國文化的理解。

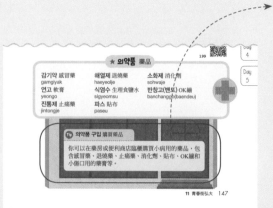

五日遊現在要開始囉！

Day 1
1. 抵達韓國！開始旅行！
2. 入住旅館並探索四周
3. 在明洞的第一餐
4. 在東大門購物後前往廣藏市場！

Day 2
5. 觀看景福宮守門將換崗儀式
6. 穿著韓服在北村韓屋村來張人生美照
7. 在仁寺洞喝杯傳統茶飲！
8. 在南山首爾塔看夜景

Day 3
9. 開始城市之旅！
10. 首爾中的小小地球村，梨泰院
11. 青春街弘大

Day 4
12. 網路訂票與取票
13. 等待公演開始…
14. 觀看期待已久的公演

Day 5
15. 在首爾的最後一天

한국 도착!
여행 시작!

抵達韓國！開始旅行！

看影片
學韓語

♥ ○ ▽ · · · · · · ⬛

飛機降落了。你通過了海關、領取行李、順利入境。你應該先去哪裡？噢，不！你沒有網路可以用！租一台Wi-F機或買一張SIM卡，體驗韓國最高級的網路服務。接著，在便利商店稍作停留，買一張交通卡，跳上公車離開機場，開始你的旅程。

練習

- 포켓 와이파이 대여하기
  租一台Wi-Fi機
- 편의점에서 물건 구매하기
  在便利商店購物
- 교통수단 이용하기
  使用大眾運輸交通工具

單字

- 한국어 기본 표현
  韓語基礎表現
- 편의점에 있는 물건
  便利商店販賣的商品
- 숫자 읽기(한자어)
  讀數字（漢字數字）

포켓 와이파이는
어디에서 빌려요?

要去哪裡租
Wi-Fi機？

T-money
카드 있어요?

有T-money卡
嗎？

명동 가는 버스는
어디에서 타요?

要去哪裡搭
前往明洞的
巴士？

네, 6015번이나
6001번 버스를
타세요.

명동에 가려면
몇 번 버스를
타야 돼요?

如果我們想去
明洞，應該要
搭幾號巴士？

是，請搭
6015或6001
巴士。

Day
1

Day
2

Day
3

Day
4

Day
5

와이파이 대여하기
租借Wi-Fi機

001

여: 포켓 와이파이는 어디에서 빌려요?
Poket waipaineun eodieseo billyeoyo?
請問我可以在哪裡租借Wi-Fi機？

남: 6번 게이트 쪽으로 가 보세요.
Yukbeon geiteu jjogeuro ga boseyo.
請去六號門那邊。

남: 포켓 와이파이를 빌리고 싶은데요.
Poket waipaireul billigo sipeundeyo.
我想要租Wi-Fi機。

여: 며칠 동안 빌리실 거예요?
Myeochil dongan billisil geoyeyo?
請問您要租幾天？

 多說幾句吧！

002

5일이요.
Oiliyo.
5天。

5일 동안 빌릴 거예요.
Oil dongan billil geoyeyo.
我要租五天。

하루에 얼마예요?
Harue eolmayeyo?
請問一天多少錢？

보증금도 있어요?
Bojeunggeumdo isseoyo?
請問要押金嗎？

편의점에서 물건 구매하기

在便利商店購物

003

여: **T-money 카드 있어요?**
T-money kadeu isseoyo?
請問有T-money卡嗎?

남: **네, 충전도 하세요?**
Ne, chungjeondo haseyo?
有的,您要一併儲值嗎?

남: **SIM 카드 있어요?**
Sim kadeu isseoyo?
請問你們有賣SIM卡嗎?

여: **얼마짜리 드릴까요?**
Eolmajjari deurilkkayo?
您要多少金額的?

Day 1

Day 2

Day 3

Day 4

Day 5

多 說 幾 句 吧!

004

이건 뭐예요?
Igeon mwoyeyo?
請問這是什麼?

휴지는 어디에 있어요?
Hyujineun eodie isseoyo?
請問衛生紙在哪裡?

얼마예요?
Eolmayeyo?
請問多少錢?

담배도 팔아요?
Dambaedo parayo?
請問你們有賣香菸嗎?

공항버스 타기
搭機場巴士

005

🗨 남: **명동 가는 버스는 어디에서 타요?**
Myeongdong ganeun beoseuneun eodieseo tayo?
請問前往明洞的巴士要在哪裡搭乘？

여: **6번 게이트로 나가시면 돼요.**
Yukbeon geiteuro nagasimyeon dwaeyo.
從六號門出去就可以了。

🗨 여: **홍대입구에 가려면 여기에서 타면 돼요?**
Hongdaeipgue garyeomyeon yeogieseo tamyeon dwaeyo?
請問如果要去弘大入口，可以在這裡搭車嗎？

남: **네, 여기서 6003번 버스를 기다리세요.**
Ne, yeogiseo yukcheonsambun beoseureul gidariseyo.
可以，請在這裡等6003號巴士。

006

 多說幾句吧！

표를 어디에서 사야 돼요?
Pyoreul eodieseo saya dwaeyo?
請問我應該去哪裡買票？

현금으로 내야 돼요?
Hyeongeumeuro naeya dwaeyo?
請問得付現嗎？

명동에 가려면 몇 번 버스를 타야 돼요?
Myeongdonge garyeomyeon myeot beon beoseureul taya dwaeyo?
如果我們想去明洞，應該要搭幾號巴士？

홍대입구에 도착하면 얘기해 주세요.
Hongdaeipgue dochakhamyeon yaegihae juseyo.
抵達弘大入口時告訴我。

~ 있어요(?)

1
~ isseoyo (?)
請問這裡有~嗎?/這裡有~/
你有~嗎?/我有~

007

如果你想詢問某種東西是否存在,就可以使用這個句型;也可以用這個詢問其他人是否有某樣東西。如果句尾語調上揚會是一個問句;如果句尾語調往下則是一個狀態表達。

● **SIM 카드 있어요?**
Sim kadeu isseoyo?
請問有SIM卡嗎?

● **교통카드 있어요?**
Gyotongkadeu isseoyo?
請問有交通卡嗎?

● **여권 있어요.**
Yeogwon isseoyo.
我有護照。

● **만 원 있어요.**
Man won isseoyo.
我有一萬韓元。

008

來練習吧!

물 水 mul	**라이터** 打火機 laiteo
우산 雨傘 usan	**휴지** 衛生紙 hyuji
담배 香菸 dambae	**진통제** 止痛藥 jintongje
잔돈 零錢 jandon	

+ **있어요?**
eisseoyo?
請問有~嗎?/你有~嗎?

~은/는 어디에서 타요?

2

~(n)eun eodieseo tayo?

請問~要去哪裡搭乘？

009

當你想要搭乘各種大眾運輸工具（如公車、地鐵）時，就可以用這個句型。如果交通工具的結尾是子音，助詞就用「은」；如果結尾是母音，助詞就用「는」。

● **공항철도는 어디에서 타요?**
Gonghangcheoldoneun eodieseo tayo?
請問機場地鐵要去哪裡搭乘？

● **명동 가는 버스는 어디에서 타요?**
Myeongdong ganeun beoseuneun eodieseo tayo?
請問前往明洞的巴士要去哪裡搭乘？

● **6001번 버스는 어디에서 타요?**
Yukcheonilbeon beoseuneun eodieseo tayo?
請問6001號巴士要去哪裡搭乘？

● **지하철은 어디에서 타요?**
Jihacheoreun eodieseo tayo?
請問地鐵要去哪裡搭乘？

來練習吧！

010

택시 計程車
taeksi

유람선 渡輪
yuramseon

KTX 韓國高速鐵路

인천 가는 버스 前往仁川的巴士
Incheon ganeun beoseu

+ 은/는 어디에서 타요?
eun/neun eodieseo tayo？
請問~要去哪裡搭乘？

單字

★ 기본 표현 基本表現

● 인사하기 打招呼

011

안녕하세요.
Annyeonghaseyo.
您好

안녕하세요.
Annyeonghaseyo.
您好

안녕히 계세요.
(내가 떠날 때)
Annyeonghi gyeseyo.
再見（自己要離開時）

안녕히 가세요.
(상대방이 떠날 때)
Annyeonghi gaseyo.
再見（當對方要離開時）

● 감사하기와 & 사과하기 致謝與致歉

012

고마워요. / 감사합니다.
Gomawoyo. / Gamsahamnida.
謝謝／謝謝（禮貌的說法）

미안해요. / 죄송합니다.
Mianhaeyo. / Joesonghamnida.
抱歉／對不起（禮貌的說法）

● **긍정과 부정** 肯定和否定

013

네. 是 Ne.	알아요. 我知道 Arayo.	맞아요. 對 Majayo.
아니요. 不是 Aniyo.	몰라요. 我不知道 Mollayo.	아니에요. 不是、沒有 Anieyo.

● **'아니에요'와 '괜찮아요'**
「不是、沒有」和「沒關係、還不錯、沒事」

014

가: **살 거예요?** 你要買嗎？
Sal geoyeyo?

나: **아니에요.** 沒有。
Anieyo.

가: **음식 맛이 어때요?** 食物味道如何？
Eumsik masi eottaeyo?

나: **괜찮아요.** 還不錯。
Gwaenchanayo.

가: **미국 사람이에요?** 你是美國人嗎？
Miguk saramiyeyo?

나: **아니에요.** 不是。
Anieyo.

가: **아직도 배가 아파요?**
肚子還痛嗎？
Ajikdo baega apayo?

나: **이제 괜찮아요.** 現在沒事了。
Ije gwaenchanayo.

가: **미안해요. / 고마워요. / 도와줄까요?**
Mianhaeyo. / Gomawoyo. / Dowajulkkayo?
抱歉／謝謝／要幫忙嗎？

나: **아니에요. / 괜찮아요.**
Anieyo. / Gwaenchanyo.
不用了／沒關係

● 누군가를 부르거나 얘기를 시작할 때
叫住某個人或開始交談時

저기요. (모르는 사람을 부를 때)
jeogiyo.
請問一下、打擾一下
（呼喊一位陌生人時）

혹시 (질문을 시작할 때)
hoksi
請問…（用來開始一個問句）

죄송한데(요). (뭔가를 부탁하거나 물어볼 때)
joesonghande(yo).
不好意思
（當要請求某事或問問題時）

잠시만요. (기다리기를 원할 때)
jamsimanyo.
請等一下。（請某人稍等）

單字

★ 편의점에 있는 물건 便利商店販賣的商品

016

물
mul
水

우산
usan
雨傘

담배
dambae
香菸

라이터
laiteo
打火機

교통 카드
gyotong kadeu
交通卡

휴대폰 보조 배터리
hyudaepon bojo
baeteori
行動電源

휴대폰 충전기
hyudaepon
chungjeongi
手機充電插頭

충전선
chungjeonseon
充電線

휴지
hyuji
衛生紙

물티슈
multisyu
濕紙巾

생리대
saengnidae
衛生棉

스타킹
seutaking
絲襪

감기약
gamgiyak
感冒藥

소화제
sohwaje
消化劑

소독제
sodokje
雙氧水

진통제
jintongje
止痛藥

> **Tip T-money(티-머니)** T-Money
>
> T-Money是韓國當地的交通卡。你可以用這張卡搭地鐵或公車。如果在卡片中儲值足夠的金額，也可以用它支付計程車費或在便利商店購買商品。一般來說，你可以先買一張卡，然後在使用前加值。使用T-money搭乘大眾運輸交通工具可享折扣，所以非常建議在韓國旅行的遊客購買。

★ **숫자 읽기**(한자어 숫자) 讀數字（漢字數字）

017

1 일 il 一	2 이 i 二	3 삼 sam 三	4 사 sa 四	5 오 o 五	6 육 yuk 六	7 칠 chil 七	8 팔 pal 八	9 구 gu 九	10 십 sip 十

10 십 sip 十	100 백 baek 一百	1,000 천 cheon 一千	10,000 만 man 一萬	100,000 십만 simman 十萬
20 이십 isip 二十	200 이백 ibaek 兩百	2,000 이천 icheon 兩千	20,000 이만 iman 兩萬	200,000 이십만 isimman 二十萬
30 삼십 samsip 三十 ⋮	300 삼백 sambaek 三百 ⋮	3,000 삼천 samcheon 三千 ⋮	30,000 삼만 samman 三萬 ⋮	300,000 삼십만 samsimman 三十萬 ⋮

 오만 원 50,000韓元
oman won

 만 원 10,000韓元
man won

 오천 원 5,000韓元
ocheon won

 천 원 1,000韓元
cheon won

 오백 원 500韓元
obaek won

 백 원 100韓元
baek won

 오십 원 50韓元
osip won

 십 원 10韓元
sip won

 **5번 게이트**
obeon geiteu
五號門

 **육천 번 버스**
yukcheon beon beoseu
6000號巴士

육천삼 번 버스
yukcheonsam beon beoseu
6003號巴士

Day 1

Day 2

Day 3

Day 4

Day 5

숙소 체크인과 주변 탐사

入住旅館並探索四周

看影片
學韓語

♥ ▢ ▽ • • • • • • 🔖

搭上公車，你終於抵達旅館，帶著些許緊張前往櫃檯。櫃檯人員跟你確認姓名和預約資訊，一切都很順利。當你進入房間，請確認整個房間內是否已有你需要的物品。這裡將會成為你這段時間的家。完成後，可以詢問附近有什麼設施。

練習 ....

- 체크인하기 入住旅館
- 필요한 것 질문하기
  詢問需要的東西、事項
- 문제 말하기 表達問題
- 주변 시설 물어보기 詢問附近設施

單字 ....

- 날짜와 요일 日期和星期
- 호텔 용품 旅館內的物品
- 집의 구조 平面圖

안녕하세요.
체크인하려고
하는데요.

예약자 분
성함이 어떻게
되시죠?

您好，我要
辦理入住。

請問預約者
的大名是？

체크아웃은
몇 시까지예요?

幾點之前要
退房呢？

OO호인데요,
에어컨이
안 나오는데요.

這裡是OO號
房，我們冷
氣開不了。

빨래를 할
데가 있나요?

有地方可以
洗衣服嗎？

Day
1

Day
2

Day
3

Day
4

Day
5

체크인하기
入住旅館

018

여: **안녕하세요. 체크인하려고 하는데요.**
Annyeonghaseyo. Chekeuinharyeogo haneundeyo.
您好，我想辦理入住。

남: **예약자 분 성함이 어떻게 되시죠?**
Yeyakja bun seonghami eotteoke doesijyo?
請問預約者的大名是？

019

 多說幾句吧！

오늘 날짜로 예약했는데요.
Oneul naljjaro yeyakaenneundeyo.
我訂了今天的房間。

예약을 안 하고 왔는데요.
Yeyageul an hago watneundeyo.
我沒有預約。

빈방 있어요?
Binbang isseoyo?
請問還有空房嗎？

트윈룸으로 주세요.
Teuwinnumeuro juseyo.
請給我兩張單人床房。

하루에 얼마예요?
Harue eolmayeyo?
請問住一晚多少錢？

모레까지 있을 거예요.
Morekkaji isseul geoyeyo.
我會住到後天。

필요한 것 질문하기

詢問需要的東西、事項

020

🗨 남: **체크아웃은 몇 시까지예요?**
Chekeuauseun myeot sikkajiyeyo?
請問幾點之前要退房？

여: **오전 11시까지입니다.**
Ojeon yeolhansikkajiipnida.
早上11點之前。

🗨 남: **객실에 면도기 있어요?**
Gaeksire myeondogi isseoyo?
客房內有刮鬍刀嗎？

여: **면도기는 따로 구매하셔야 됩니다.**
Myeondogineun ttaro gumaehasyeoya doepnida.
刮鬍刀必須另外購買。

Day 1

Day 2

Day 3

Day 4

Day 5

021

 多說幾句吧！

모닝콜 해 주실 수 있어요?
Moningkol hae jusil su isseoyo?
請問可以提供晨喚服務嗎？

객실에서 Wi-Fi를 무료로 사용할 수 있어요?
Gaeksireseo Waipaireul muryoro sayonghal su isseoyo?
客房內可以免費使用Wi-Fi嗎？

조식은 몇 시까지예요?
Josigeun myeot sikkajiyeyo?
請問早餐到幾點？

Wi-Fi 비밀번호가 뭐예요?
Waipai bimilbeonhoga mwoyeyo?
請問Wi-Fi密碼是多少？

문제 말하기
表達問題

022

> 여: **프론트죠? 여기 201호인데요, TV가 안 나오는데요.**
> Peuronteujyo? Yeogi ibaegilhoindeyo, tibiga an naoneundeyo.
> 請問是櫃檯嗎？這裡是201號房，電視打不開。

> 남: **네, 곧 직원이 가서 도와드리겠습니다**
> Ne, got jigwoni gaseo dowadeurigetsseupnida.
> 好的，我們會馬上派人去協助您。

> 남: **저는 온돌방으로 예약했는데, 침대방을 주셨어요.**
> Jeoneun ondolbangeuro yeyakhaetneunde, chimdaebangeul jusyeosseoyo.
> 我訂的是暖炕房，但您給我一般床的房間。

> 여: **죄송합니다. 확인하고 방을 바꿔 드리겠습니다.**
> Joesonghamnida. Hwaginhago bangeul bakkwodeurigetseumnida.
> 非常抱歉，我這邊確認後會馬上幫您更換房間。

 多說幾句吧！ 023

에어컨이 안 나오는데요.
Eeokeoni an naoneundeyo.
冷氣打不開。

Wi-Fi가 안 되는데요.
Waipaiga an doeneundeyo.
Wi-Fi不能用／Wi-Fi連不上。

헤어드라이기가 없어요.
Heeodeuraigiga eobseoyo.
沒有吹風機。

뜨거운 물이 안 나와요.
Tteugeoun muri an nawayo.
沒有熱水。

주변 시설 물어보기
詢問附近設施

024

🗨 남: **호텔 근처에 편의점이 있나요?**
Hotel geuncheoe pyeonuijeomi itnayo?
請問旅館附近有便利商店嗎？

여: **나가시면 옆 건물 1층에 편의점이 있습니다.**
Nagasimyeon yeop geonmul ilcheunge pyeonuijeomi itseumnida.
離開旅館後，旁邊那棟建築物的一樓有一家便利商店。

Day 1
Day 2
Day 3
Day 4
Day 5

🗨 남: **빨래를 할 데가 있나요?**
Ppallaereul hal dega innayo?
請問有地方可以讓我洗衣服嗎？

여: **공용 세탁기가 밖에 있어요.**
Gongyong setakgiga bakke isseoyo.
外面有一台公共洗衣機。

 多說幾句吧！

025

주변에 약국이 있나요?
Jubyeone yakgugi itnayo?
請問附近有藥局嗎？

담배는 어디에서 피우면 되나요?
Dambaeneun eodieseo piumyeon doenayo?
請問我可以在哪裡抽菸？

화장실은 남녀 공용인가요?
Hwajangsireun namnyeo gongyongingayo?
請問廁所是男女混用的嗎？

제일 가까운 지하철역은 어디예요?
Jeil gakkaun jihacheoryeogeun eodiyeyo?
請問最近的地鐵站在哪裡？

1 ~(으)로 예약했는데요.

~(eu)ro yeyakhaetneundeyo

我用~預約的。

026

這個句型可以用來說姓名、日期、預約方式，或其他你在預約時提供的細節。如果前面的名詞結尾是子音用「으로」；若前面的名詞結尾是母音則用「로」。然而，如果名詞是「ㄹ」結尾，必須要用「로」。

● **한수지로 예약했는데요.** (예약자 이름)

Hansujiro yeyakhaetneundeyo.

我用韓秀智的名字預約。（預約者大名）

● **인터넷으로 예약했는데요.** (예약 방법)

Inteoneseuro yeyakhaetneundeyo.

我用網路預訂的。（預約方式）

● **7월 24일로 예약했는데요.** (예약 날짜)

Chirwol isipsaillo yeyakhaetneundeyo.

我訂了七月二十四日。（預約日期）

027

來練習吧！

(1, 2…)월 (3, 4…)일

(il, i…)wol (sam, sa)il

1、2…（月）3、4…（日）

(한, 두, 세…) 명

(han, du, se…) myeong

（1、2、3…）個人

트윈룸 兩張單人床的房間

teuwinnum

전화 電話

jeonhwa

(으)로 + 예약했는데요.

(eu)ro　　　　yeyakhaetneundeyo.

我用~預約的。

2. ~이/가 안 돼요, ~이/가 안 나와요, ~이/가 없어요.

~i/ga an dwaeyo, ~i/ga an nawayo / ~i/ga eobsseoyo

~不能用/沒有~

028

當你想表達房間裡的設施不能使用或找不到所需物品時，可以用這個句型。子音結尾的名詞要用「～이」，母音結尾的名詞則用「～가」。

Day 1

Day 2

Day 3

Day 4

Day 5

● **인터넷이 안 돼요.**
Inteonesi an dwaeyo.
網路不能用。

● **뜨거운 물이 안 나와요.**
Tteugeoun muri an nawayo.
熱水不能用／沒有熱水。

● **비누가 없어요.**
Binuga eobsseoyo.
沒有肥皂。

029

> **來練習吧！**

냉장고 冰箱 naengjanggo	**이/가** + **안 돼요.** ~不能用。 i/ga an dwaeyo.
에어컨 冷氣機 eeokeon	**이/가** + **안 나와요.** ~不能用。 i/ga an nawayo.
샴푸 洗髮精 syampu	**이/가** + **없어요.** 沒有~。 i/ga eopseoyo.

單字

★ 날짜 日期

● 월 月份

030

1월 irwol 一月	2월 iwol 二月	3월 samwol 三月	4월 sawol 四月	5월 owol 五月	6월 yuwol 六月
7월 chirwol 七月	8월 parwol 八月	9월 guwol 九月	10월 siwol 十月	11월 sibirwol 十一月	12월 sibiwol 十二月

● 요일과 일 星期和日期

031

일요일 iryoil 星期日	월요일 woryoil 星期一	화요일 hwayoil 星期二	수요일 suyoil 星期三	목요일 mogyoil 星期四	금요일 geumyoil 星期五	토요일 toyoil 星期六
			1일 1號 iril	2일 2號 iil	3일 3號 samil	4일 4號 sail
5일 5號 oil	6일 6號 yugil	7일 7號 chiril	8일 8號 paril	9일 9號 guil	10일 10號 sibil	11일 11號 sibiril
12일 12號 sibiil	13일 13號 sipsamil	14일 14號 sipsail	15일 15號 siboil	16일 16號 sibyugil	17일 17號 sipchiril	18일 18號 sipparil
19일 19號 sipguil	20일 20號 isibil	21일 21號 isibiril	22일 22號 isibiil	23일 23號 isipsamil	24일 24號 isipsail	25일 25號 isiboil
26일 26號 isibyugil	27일 27號 isipchiril	28일 28號 isipparil	29일 29號 isipguil	30일 30號 samsibil	31일 31號 samsibiril	

● ~부터 ~까지 從~到~

032

~부터 從~
~buteo

~까지 到~
~kkaji

★ **숙소** 住宿

● **숙소 종류** 住宿種類

호텔 旅館
hotel

레지던스 公寓式旅館
rejideonseu

게스트 하우스 民宿
geseuteuhauseu

에어비앤비 Airbnb
eeobienbi

온돌방 暖炕房
ondolbang

침대방 一般房型
chimdaebang

싱글룸 單人房 singgeullum	**더블룸** 雙人房 deobeullum
트윈룸 兩張單人床房 teuwinnum	**트리플룸** 三人房 teuripeullum
패밀리룸 家庭房 paemillirum	**도미토리** 宿舍 domitori

> **Tip 온돌방** 暖炕房
>
> 暖炕是傳統的韓國地板加熱系統。它是一種地下加熱系統,熱氣會穿過地板。這就是為什麼韓國傳統習慣在溫暖的地板上蓋棉被睡覺,而不是睡在床上的原因。試試看暖炕房,這會是體驗傳統韓國文化的好方法。

● 호텔 용품 旅館內的物品

034

헤어 드라이기 吹風機
heeodeuraigi

칫솔 牙刷
chitsol

치약 牙膏
chiyak

빗 梳子
bit

목욕 타월 浴巾
pyeonuijeom

수건 毛巾
sugeon

면도기 刮鬍刀
myeondogi

샤워기 蓮蓬頭
syawogi

샴푸 洗髮精
syampu

린스 潤髮乳
rinseu

비누 肥皂
binu

바디 워시 沐浴乳
badiwosi

● 호텔 시설 및 침구 旅館裡的其他設施

035

TV / 텔레비전
tibi / tellebijeon
電視

에어컨
eeokeon
冷氣

냉장고
naengjanggo
冰箱

불 / 등
bul / deung
燈

침대
chimdae
床

베개
begae
枕頭

요
yo
床褥（睡在地上時
使用的韓式床墊）

이불
ibul
棉被

● 집의 구조 房屋平面圖

036

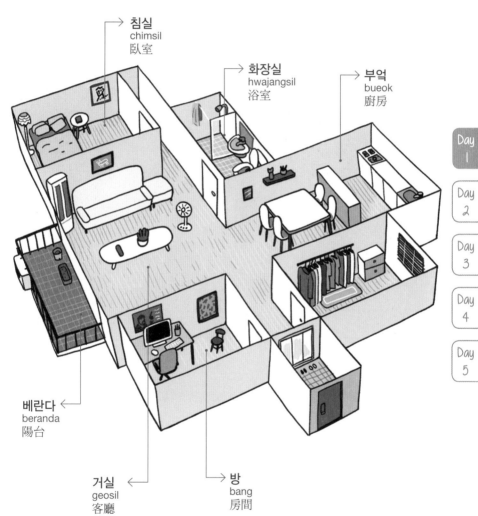

침실
chimsil
臥室

화장실
hwajangsil
浴室

부엌
bueok
廚房

Day 1

Day 2

Day 3

Day 4

Day 5

베란다
beranda
陽台

거실
geosil
客廳

방
bang
房間

3

명동에서의 첫 식사

在明洞的第一餐

看影片
學韓語

❤ ◯ ▽ ● ● ● ● ● ● 🔖

你踏出旅館房間前往城市中最熱鬧的地方 —— 明洞！太多可看、可買的東西了！但餓肚子可是不行的。何不選家在地餐廳，吃一份你之前在電視或網路上看過的韓國餐點呢？

練習	單字
• 식당에 자리 확인하기 確認餐廳有沒有位子	• 식당에 있는 물건 餐廳裡會出現的東西
• 주문하기 點餐	• 음식에 대한 표현 食物相關表現
• 식당에서 하는 말 在餐廳裡說的話	• 한국 음식 이름 韓國餐點的名稱
• 계산하기 結帳	

實境生活對話

세 명인데요, 자리 있나요?

我們有三個人，請問有位子嗎？

Day 1

Day 2

Day 3

Day 4

Day 5

여기요, 비빔밥 하나, 순두부찌개 하나, 김치찌개 하나 주세요.

老闆，請給我們一份石鍋拌飯，一份嫩豆腐鍋，一份泡菜鍋。

잘 먹겠습니다!

와, 맛있겠다!

開動囉！

哇，一定很好吃！

여기 계산서 좀 갖다주세요

잘 먹었습니다.

這裡要買單（請幫我把帳單拿過來）。

吃得很盡興。

3 在明洞的第一餐　37

식당에서 자리 확인하기
確認餐廳有沒有位子

037

🗨 여: **세 명인데, 자리 있나요?**
Se myeonginde, jari innayo?
我們有三個人，請問有位子嗎？

남: **잠시만요, 자리 정리하고 안내해 드릴게요.**
Jamsimanyo, jari jeongnihago annaehae deurilgeyo.
請稍等，我整理一下就帶你們入座。

🗨 남: **여기요, 물 좀 주세요.**
Yeogiyo, mul jom juseyo.
不好意思，可以給我水嗎？

여: **물은 셀프예요.**
Mureun selpeuyeyo.
水是自助取用的。

038

 多說幾句吧！

얼마나 기다려야 돼요? (사람이 많을 때)
Eolmana gidaryeoya dwaeyo?
請問要等多久呢？（人多時）

혹시 물티슈(물수건) 있어요?
Hoksi multisyu(mulsugeon) isseoyo?
請問有濕紙巾（濕毛巾）嗎？

저기요, 메뉴판 좀 주세요.
Jeogiyo, menyupan jom juseyo.
不好意思，請給我菜單。

숟가락하고 젓가락은 어디 있어요?
Sutgarakhago jeotgarageun eodi isseoyo?
請問湯匙和筷子在哪裡？

주문하기

點餐

여: **이거 매워요?**
Igeo maewoyo?
這個會辣嗎？

남: **네, 조금 매워요.**
Ne, jogeum maewoyo.
會，有點辣。

여: **안 매운 건 뭐가 있어요?**
An maeun geon mwoga isseoyo?
請問有什麼是不辣的嗎？

多說幾句吧！

이거(저거) 주세요. (그림이나 메뉴 이름을 가리키며)
Igeo(jeogeo) juseyo.
我要點這個／那個。
（指著菜單上的圖片或名稱）

비빔밥 세 개 주세요.
Bibimbap se gae juseyo.
請給我三份石鍋拌飯。

조금 덜 맵게 해 주세요.
Jogeum deol maepge hae juseyo.
請煮得稍微不辣一點。

채식주의자 메뉴는 없나요?
Chaesikjuuija menyuneun eomnayo?
請問有素食菜單嗎？

돼지고기는 빼고 주세요.
Dwaejigogineun ppaego juseyo.
請不要放豬肉。

이건 안 시켰는데요?
Igeon an sikyeotneundeyo?
我沒有點這道菜。

Day 1
Day 2
Day 3
Day 4
Day 5

식당에서 하는 말
在餐廳裡說的話

041

여: **주문하신 음식 나왔습니다.**
Jumunhasin eumsik nawatseupnida.
您的餐點來了。

남: **와! 맛있겠다!**
Wa! masitgetda!
哇！看起來真好吃！

 多說幾句吧！

042

배고파요.
Baegopayo.
我餓了。

잘 먹겠습니다.
Jal meokgetseupnida.
我開動了。
*開動前表達感激的慣用語，向對方表示
「謝謝你煮出這麼好吃的餐點」。直譯
是「我會享受這份餐點的」。

맛있어요.
Masisseoyo.
好吃。

배불러요.
Baebulleoyo.
我好飽。

잘 먹었습니다.
Jal meogeotseupnida.
我吃飽了。
*常在吃飽後表達感激的慣用句，向對
方表示「我很享受這份餐點。」

맛있었어요.
Masisseosseoyo.
好吃。

계산하기
結帳

여: **계산할게요.**
Gyesanhalgeyo.
我要買單。

남: **모두 같이 계산하시나요?**
Modu gachi gyesanhasinayo?
請問全部一起結嗎?

여: **한 명씩 따로 계산할게요.**
Han myeongssik ttaro gyesanhalgeyo.
一個一個結。

 多說幾句吧！

044

여기 계산서 좀 갖다주세요.
Yeogi gyesanseo jom gatda juseyo.
請幫我把帳單拿過來。

전부(모두) 얼마예요?
Jeonbu(modu) eolmayeyo?
總共多少錢？

카드로 해도 돼요?
Kadeuro haedo dwaeyo?
可以刷卡嗎？

전부(모두) 같이 계산할게요.
Jeonbu(modu) gachi gyesanhalgeyo.
全部一起結。

음료수는 얼마예요?
Eumryosuneun eolmayeyo?
飲料多少錢？

1 (혹시, 죄송한데) ~ 있나요?
(Hoksi, joesonghande) ~ itnayo?
（請問、不好意思）你有～嗎？

045

這是比前面幾個章節學到的「～있어요」更有禮貌的問法。你可以在問題和回答中使用「～있어요」，但「～있나요？」只能用在問句。

● **삼계탕 있나요?**
Samgyetang innayo?
請問有蔘雞湯嗎？

● **세 명인데, 자리 있나요?**
Se myeonginde, jari innayo?
我們有三個人，請問有位子嗎？

● **죄송한데, 포크 있나요?**
Joesonghande, pokeu innayo?
不好意思，請問有叉子嗎？

● **혹시 사진이 나온 메뉴판 있나요?**
Hoksi sajini naon menyupan innayo?
請問有附圖片的菜單嗎？

> 來練習吧！

046

소금 鹽巴
sogeum

소주 燒酒
soju

채식주의자용 메뉴 素食菜單
chaesikjuuijayong menyu

영어로 된 메뉴판 英文菜單
yeongeoro doen menyupan

+ **있나요?**
innayo?
請問你們有～嗎？

2 ~ (좀) 주세요.

~ (jom) juseyo.

請～。

047

你可以用這個句型詢問你想要的東西或點餐。韓國人常常加上「좀」，這是「조금」的簡稱，意思是「一點點」，但通常只是為了禮貌而加上這個字。

Day 1
Day 2
Day 3
Day 4
Day 5

● **여기, 물 좀 주세요.**
Yeogi, mul jom juseyo.
這裡請給我水。

● **아주머니, 컵 좀 주세요.**
Ajumeoni, keop jom juseyo.
大嬸，請給我杯子。

● **비빔밥하고 된장찌개 주세요.**
Bibimbapago doenjangjjigae juseyo.
請給我石鍋拌飯和大醬湯。

● **여기 반찬 좀 더 주세요.**
Yeogi banchan jom deo juseyo.
請幫我加小菜。

048

來練習吧！

숟가락 湯匙 sutgarak	**젓가락** 筷子 jeotgarak

삼겹살 3인분 三份五花肉
samgyeopsal saminbun

짬뽕 하나, 짜장면 둘
Jjambbong hana, jjajangmyeon dul
一份炒碼麵，兩份炸醬麵

+ **주세요.**
juseyo.
請給我～。

★ 식당에 있는 물건들 餐廳裡會出現的東西

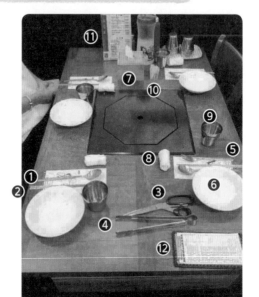

049

① 숟가락
sutgarak
湯匙

② 젓가락
jeotgarak
筷子

③ 가위
gawi
剪刀

④ 집게
jipge
夾子

⑤ 포크
pokeu
叉子

⑥ 앞 접시
ap jeopsi
小碟子／
小盤子

⑦ 휴지
hyuji
衛生紙

⑧ 물티슈
multisyu
濕紙巾

⑨ 컵
keop
杯子

⑩ 이쑤시개
issusigae
牙籤

⑪ 메뉴판
menyupan
菜單

⑫ 계산서
gyesanse
帳單

Tip 식당에서의 호칭 餐廳裡的稱謂

如果你想跟餐廳老闆說話，可以找「사장님 Sajangnim」（老闆）。如果你想跟餐廳裡的一名女服務生說話，視他們的年齡，你可以說「아주머니 ajumeoni」（大嬸）或「아가씨 agassi」（小姐）。有些人會稱呼較年長的女性員工「이모님 imonim（阿姨）」或「고모님 gomonim」（姑姑），聽起來比較友善。但一般來說，尋求幫助時可以說「여기요 yeogiyo」或「저기요 jeogiyo」（不好意思），這個中性句子最常被使用。

★ 음식에 대한 표현 食物相關表現

● 음식의 맛 食物的味道

050

달아요.
darayo.
甜

짜요.
jjayo.
鹹

싱거워요.
singgeowoyo.
清淡

매워요.
maewoyo.
辣

셔요.
syeoyo.
酸

느끼해요.
neukkihaeyo.
很膩

Day 1

Day 2

Day 3

Day 4

Day 5

● 음식의 식감 飲食的口感

051

⟵——————————————————⟶

딱딱해요.
ttakttakhaeyo.
硬

질겨요.
jilgyeyo.
偏韌

쫄깃쫄깃해요.
jjolgitjjolgithaeyo.
有嚼勁

말랑말랑해요.
mallangmallanghaeyo.
鬆鬆軟軟

부드러워요.
budeureowoyo.
柔嫩

● 음식의 온도 飲食的溫度

052

⟵——————————————————⟶

뜨거워요.
tteugeowoyo.
很燙

따뜻해요.
ttatteutaeyo.
暖暖的

미지근해요.
mijigeunhaeyo.
微溫

식었어요.
sigeosseoyo.
冷掉

시원해요.
siwonhaeyo.
涼的

차가워요.
chagawoyo.
冰的

★ 주재료와 음식의 이름 主食與餐點的名稱

053

🍽 밥 飯

| 밥
bap
飯 |
공깃밥
gonggitbap
白飯 |
김밥
gimbap
紫菜飯捲 |
비빔밥
bibimbap
石鍋拌飯 |
볶음밥
bokkeumbap
炒飯 |

054

🍽 국수와 면 麵

| 국수
Guksu
麵 |
칼국수
kalguksu
刀削麵 |
메밀국수
memilguksu
蕎麥麵 |
잔치국수
janchiguksu
宴會麵 |
비빔국수
bibimguksu
辣拌麵 |
| 면
myun
麵 |
라면
ramyeon
拉麵 |
짜장면
jjajangmyeon
炸醬麵 |
물냉면
mullaengmyeon
水冷麵 |
비빔냉면
bibimnaengmyeon
拌冷麵 |

*국수是固有語，면是漢字語。

🍱 고기 肉

소
so
牛

갈비
galbi
牛肋條

떡갈비
tteokgalbi
漢堡排

돼지
dwaeji
豬

삼겹살
samgyeopsal
五花肉

보쌈
bossam
生菜包肉

닭
dak
雞

닭갈비
dakgalbi
辣炒雞

찜닭
jjimdak
燉雞

닭볶음탕
dakbokkeumtang
辣炒雞湯

Day 1

Day 2

Day 3

Day 4

Day 5

★ 요리 방법과 음식의 이름 烹調方式與餐點名稱

056

🍲 끓여 먹는 음식 燉煮的餐點

찌개 jjigae 鍋	 된장찌개 doenjangjjigae 大醬湯	 김치찌개 kimchijjigae 泡菜鍋	 순두부찌개 sundubujjigae 嫩豆腐鍋	 부대찌개 budaejjigae 部隊鍋
국 guk 湯	 만둣국 manduguk 餃子湯	 미역국 miyeokguk 海帶湯	 떡국 ddeokguk 年糕湯	 해장국 haejangguk 解酒湯
탕 tang 湯	 갈비탕 galbitang 排骨湯	 감자탕 gamjatang 馬鈴薯排骨湯	 삼계탕 samgyetang 蔘雞湯	 설렁탕 seolleongtang 雪濃湯

*「찌개（鍋）」的湯汁比「탕（湯）」和「국（湯）」少，且「찌개」的主角是鍋裡的食材。「탕」是漢字語，「국」是固有語，兩者沒有明顯區分。一般來說，「탕」裡的食材比「국」昂貴，湯料也比較多。通常「국」指的是料理時進行調味，上桌後不再調味的湯；而「탕」則是上桌後還會再依個人喜好添加調味料的湯。

🍽 굽거나 튀겨 먹는 음식　烤物或炸物

전 jeon 煎餅	 해물파전 haemulpajeon 海鮮煎餅	김치전 kimchijeon 泡菜煎餅	 감자전 gamjajeon 馬鈴薯煎餅
볶음 bokkeum 炒	제육볶음 jeyukbokkeum 辣炒豬肉	오징어볶음 ojingeobokkeum 辣炒魷魚	김치볶음밥 kimchi bokkeum bap 泡菜炒飯
구이 gui 烤	갈비구이 galbigui 烤牛肋	생선구이 sangseongui 烤魚	조개구이 jogaegui 烤蛤蠣	꼬치구이 kkochigui 串燒／烤串
튀김 twigim 炸	야채튀김 yachaetwigim 炸蔬菜	새우튀김 saewutwigim 炸蝦	고구마튀김 gogumatwigim 炸地瓜	감자튀김 gamjatwigim 炸馬鈴薯

057

Day 1

Day 2

Day 3

Day 4

Day 5

동대문에서 쇼핑 후 광장시장으로!

看影片
學韓語

在東大門購物後前往廣藏市場

♥ ◯ ▽　• • • • • •

你知道在東大門歷史文化公園站可以看到東大門設計廣場（DDP）嗎？這是首爾重要的都市地標，你可以在此欣賞當代與傳統文化相互融合後獨具一格的樣貌。接著，當你結束逛街行程，可以前往廣藏市場品嘗街頭小吃，體驗韓國傳統街道市集。

練習

- 지하철 타고 이동하기 搭乘地鐵移動
- 의류 쇼핑하기 買衣服
- 시장 구경과 길거리 음식 먹어 보기
  逛市場與品嘗街頭小吃

單字

- 지하철 地鐵
- 옷의 종류 服飾種類
- 시장에서 파는 것 市場裡販賣的東西
- 길거리 음식 街頭小吃

如果要去東大門時尚城，應該要在哪一站下車？

可以試穿看看嗎？

Day 1

Day 2

Day 3

Day 4

Day 5

這個多少錢？

在這裡吃。

지하철 타고 이동하기

搭乘地鐵移動

058

여: **동대문 패션 타운에 가려면 무슨 역에서 내려야 돼요?**
Dongdaemun paesyeontaune garyeomyeon museun yeogeseo naeryeoya dwaeyo?
如果要去東大門時尚城，應該要在哪一站下車？

남: **동대문역사문화공원역에서 내리세요.**
Dongdaemun yeoksamunhwa gongwonyeogeseo naeriseyo.
請在東大門歷史文化公園站下車。

남: **표는 어디에서 사야 돼요?**
Pyoneun eodieseo saya dwaeyo?
請問我應該去哪裡買票？

여: **발권기를 이용하세요**
Balgwongireul iyonghaseyo.
請使用售票機。

 多說幾句吧！

059

교통 카드 충전은 어떻게 해요?
Gyotongkadeu chungjeoneun eotteoke haeyo?
請問交通卡要怎麼儲值？

다음은 무슨 역이에요?
Daeumeun museun yeogieyo?
請問下一站是什麼站？

동대문역사문화공원역에 가려면 어느 쪽에서 타야 돼요?
Dongdaemunyeoksamunhwagongwonyeoge garyeomyeon eoneu jjogeseo taya dwaeyo?
我要去東大門歷史文化公園站的話，應該要在哪個月台搭車？

동대문디자인플라자(DDP)는 몇 번 출구로 나가야 돼요?
Dongdaemundijainpeullajaneun myeot beon chulguro nagaya dwaeyo?
請問東大門設計廣場（DDP）得從幾號出口出去？

쇼핑하기(의류)
購物（服飾）

060

여: **저기 걸려 있는 옷 좀 보여 주실래요?**
Jeogi geollyeo itneun ot jom boyeo jusillaeyo?
可以讓我看一下掛在那裡的那件
衣服嗎？

남: **이 옷이요?**
I osiyo?
這件嗎？

Day 1

Day 2

Day 3

Day 4

Day 5

남: **한번 입어 봐도 돼요?**
Han beon ibeo bwado dwaeyo?
請問可以試穿嗎？

여: **네, 저기서 입어 보세요.**
Ne, jeogiseo ibeo boseyo.
當然，請到那裡試穿。

061

多說幾句吧！

탈의실은 어디에 있어요?
Taruisireun eodie isseoyo?
請問試衣間在哪裡？

다른 색은 없나요?
Dareun saegeun eomnayo?
請問有其他顏色嗎？

좀 더 큰(작은) 사이즈 없나요?
Jom deo keun(jageun) saijeu eomnayo?
請問有大（小）一點的尺寸嗎？

좀 싸게 해 주실 수 없나요?
Jom ssage hae jusil su eomnayo?
請問可以算便宜一點嗎？

시장 구경과 길거리 음식 먹어 보기
逛市場與品嘗街頭小吃

062

여: **이게 뭐예요?**
Ige mwoyeyo?
請問這是什麼？

남: **그건 순대예요.**
Geugeon sundaeyeyo.
那是血腸。

남: **저건 얼마예요?**
Jeogeon eolmayeyo?
請問那個多少錢？

여: **5,000원이에요.**
Ocheonwonieyo.
5,000韓元。

 多說幾句吧！

063

너무(조금) 비싸요.
Neomu(jogeum) bissayo.
太（有點）貴。

카드도 되나요?
Kadeudo doenayo?
可以刷卡嗎？

파전 하나 주세요.
Pajeon hana juseyo.
請給我一份煎餅。

여기에서 먹고 갈게요.
Yeogieseo meokgo galgeyo.
在這裡吃。

① 이, 그, 저~
i~, geu ~, jeo~
這、那、那

064

當你在指特定物品時，可以用這個句型。當你指一個離你比較近的東西，可以用이것（이거）。如果東西離你比較遠，但離你講話的對象比較近，可以用그것（그거）。如果東西離你和對方都很遠，可以說저것（저거）。

	것(거) geot(geo)	것은(건) geoseun(geon)	것이(게) geosi(ge)	것을(걸) geoseul(geol)	곳 got
이 這 i	이거 igeo	이건 igeon	이게 ige	이걸 igeol	이곳(여기) igot(yeogi)
그 那 geu	그거 geugeo	그건 geugeon	그게 geuge	그걸 geugeol	그곳(거기) geugot(geogi)
저 那 jeo	저거 jeogeo	저건 jeogeon	저게 jeoge	저걸 jeogeol	저곳(저기) jeogot(jeogi)

*韓文中，有些特定代名詞會視文法使用情況與名詞連結。如果名詞是句子的大主語，會在後面加上「은」或「는」。如果名詞是句子的小主語，會用「이」或「가」；如果名詞是句子的受詞，會用「을」或「를」。「거、건、게、걸」分別是「것、것은、것이、것을」的縮寫。當你在「이、그、저」後面加上「곳」來指稱地點時，他們會分別變成「여기（這裡）」、「저기（那裡）」和「거기（那裡）」。

065

來練習吧！

이게/그게/저게 뭐예요?
Ige/geuge/jeoge mwoyeyo?
請問這個／那個／那個是什麼？

이건/그건/저건 얼마예요?
Igeon/geugeon/jeogeon eolmayeyo?
請問這個／那個／那個多少錢？

이거/그거/저거 주세요.
Igeo/geugeo/jeogeo juseyo.
請給我這個／那個／那個。

여기/거기/저기 있어요.
Yeogi/geogi/jeogi isseoyo.
在這裡／那裡／那裡。

Day 1

Day 2

Day 3

Day 4

Day 5

2 ~에 가려면

~e garyeomyeon~

若想去～

066

你可以用這個句型詢問如何前往某個地方以及所需的時間。在「에」之前說出你想去的地點名稱。

- **N서울타워에 가려면 뭘 타야 돼요?**
  Enseoultawoe garyeomyeon mwol taya dwaeyo?
  請問要去南山首爾塔的話，應該要搭什麼？

- **롯데월드에 가려면 몇 호선을 타야 돼요?**
  Rotdewoldeue garyeomyeon myeot hoseoneul taya dwaeyo?
  請問要去樂天世界的話，應該要搭幾號線？

- **가로수길에 가려면 몇 번 출구로 나가야 돼요?**
  Garosugire garyeomyeon myeot beon chulguro nagaya dwaeyo?
  請問要去林蔭大道的話，應該從幾號出口出去？

- **광장시장에 가려면 걸어서 얼마나 걸려요?**
  Gwangjangsijange garyeomyeon georeoseo eolmana geollyeoyo?
  請問走路去廣藏市場需要多久時間？

067

來練習吧！

인천공항 仁川機場
incheongonghang

서울역 首爾車站
seouryeok

광화문 光化門
gwanghwamun

남대문 시장 南大門市場
namdaemun sijang

에 + 가려면
e   garyeomyeon
請問想去～的話，～？

56

單字

★ 지하철 地鐵

개찰구
gaechalgu
驗票閘門

발권기
balgwongi
自動售票機

안내소
annaeso
服務台

화장실
hwajangsil
化妝室

엘리베이터
ellibeiteo
電梯

에스컬레이터
eseukeolleiteo
手扶梯

스크린 도어
seukeurin doeo
月台閘門

타는 곳
taneun got
乘車處

갈아타는 곳
garataneun got
轉乘處

나가는 곳
naganeun got
出口

~행 ~方向 ~haeng	**~호선** ~號線 ~hoseon	**이번 열차** 本列車 ibeon yeolcha
~역 ~站 ~yeok	**다음 열차** 下一班列車 daeum yeolcha	**~번 출구** ~號出口 ~beon chulgu

★ 옷의 종류 服飾種類

● 옷 衣服

바지
baji
長褲

블라우스
beullauseu
罩衫

재킷
jaekit
夾克

점퍼
jeompeo
夾克／外套

가디건
gadigeon
開襟外套

양말
yangmal
襪子

수영복
suyeongbok
泳衣

코트
koteu
大衣

청바지
cheongbaji
牛仔褲

스타킹
seutaking
褲襪／絲襪

타이즈
taijeu
緊身褲

정장
jeongjang
西裝

원피스
wonpiseu
連身裙

스키니 진
seukini jin
緊身牛仔褲

치마
chima
裙子

스커트
seukeoteu
裙子（西式）

니트
niteu
針織衫

후드 티
hudeu ti
連帽T恤

셔츠 / 남방
syeocheu / nambang
襯衫／夏威夷襯衫

티셔츠
tisyeocheu
T恤

*韓國目前經常將「점퍼」與「재킷」混著使用。「점퍼」原指飛行員外套，泛指穿起來寬鬆、好活動的外套，給人的感覺比較休閒；而「재킷」給人的感覺較為正式，通常與襯衫搭配。

● **신발** 鞋子

부츠
bucheu
靴子

구두
gudu
包頭鞋

샌들
saendeul
涼鞋

슬리퍼
seullipeo
拖鞋

운동화
undonghwa
運動鞋

등산화
deungsanhwa
登山鞋

070

● **액세서리** 飾品

071

귀고리 耳環
gwigori

스카프 領巾、披巾
seukapeu

목걸이 項鍊
mokgeori

목도리 圍巾
mokdori

모자 帽子
moja

시계 手錶
sigye

반지 戒指
banji

벨트 腰帶
belteu

● **무늬** 花紋

072

민무늬
minmuni
素面

줄무늬
julmuni
條紋

체크무늬
chekeumunui
格紋

꽃무늬
kkonmuni
花紋

물방울 무늬
mulbangul muni
圓點紋

● **소재** 材質

073

면 myeon 棉	실크 silkeu 絲綢	가죽 gajuk 皮革	금 geum 金	은 eun 銀

★ 시장에서 파는 것 市場販賣的東西

● **과일과 채소** 水果和蔬菜 074

사과 蘋果
sagwa

배 梨子
bae

복숭아 水蜜桃
boksunga

수박 西瓜
subak

참외 香瓜
chamoe

귤 橘子
gyul

딸기 草莓
ttalgi

포도 葡萄
podo

자두 李子
jadu

바나나 香蕉
banana

오이 小黃瓜
oi

당근 胡蘿蔔
danggeun

무 白蘿蔔
mu

호박 櫛瓜
hobak

가지 茄子
gaji

상추 生菜
sangchu

깻잎 紫蘇葉
kkaennip

마늘 蒜頭
maneul

파 蔥
pa

양파 洋蔥
yangpa

● **견과류** 堅果類 075

밤 栗子
bam

땅콩 花生
ttangkong

호두 核桃
hodu

잣 松子
jat

● 해산물(한국 사람이 많이 먹는) 海鮮（韓國人常吃的） —— 076

오징어 烏賊
ojingeo

문어 章魚
muneo

낙지 小章魚
nakji

새우 蝦子
saeu

조개 蛤蠣
jogae

굴 蚵仔
gul

게 螃蟹
ge

전복 鮑魚
jeonbok

● 생선류1(구이나 조림으로 많이 먹는)
魚類1（常用烤或燉的方式烹調） —— 077

고등어 鯖魚
godeungeo

갈치 白帶魚
galchi

조기 黃魚
jogi

삼치 土魠魚
samchi

꽁치 秋刀魚
kkongchi

● 생선류2(회로 많이 먹는) 魚2（常用來做生魚片） —— 078

돔 鯛魚
dom

광어 比目魚
gwangeo

우럭 石斑魚
ureok

참치 鮪魚
chamchi

★ 길거리 음식 街頭小吃

079

김밥
gimbap
紫菜飯捲

떡볶이
tteokbokki
辣炒年糕

튀김
twigim
炸物

가래떡
garaetteok
長條狀年糕

호떡
hotteok
糖餅

어묵
eomuk
魚板

닭강정
dakgangjeong
韓式炸雞丁

닭꼬치
dakkkochi
雞肉串

붕어빵
bungeoppang
鯛魚燒

순대
sundae
血腸

만두
mandu
餃子

빈대떡
bindaetteok
綠豆煎餅

Tip 카드 Vs 현금 信用卡和現金

韓國人是卡片重度使用者,街頭小販和市集攤販都能接受信用卡,
即便是小額支付也沒問題。然而,這些攤販在每次交易都必須支付
信用卡公司一筆費用。因此,如果你用現金支付,大部分商家都會
提供折扣(扣除該筆費用)。

看影片
學韓語

Day 2
5

경복궁 수문장
교대 의식 관람

觀看景福宮守門將換崗儀式

♥ ◯ ▽　　　● ● ● ● ● ●

今天首要目標是體驗傳統韓國文化！本日最重要的任務就是觀看景福宮守門將換崗儀式。景福宮是韓國最有歷史意義的文物之一，假裝你是一名時空旅行者，將自己帶回百年前的韓國，探索景福宮能給你的一切。

練習

- 입장권 사기 購買門票
- 시간 알아보기 打聽時間
- 느낌 표현하기 表達感受

單字

- 경복궁과 광화문 景福宮和光化門
- 매표소 售票處
- 숫자(고유어) 數字（固有數字）
- 시간 관련 어휘 時間相關字彙

저쪽으로 가세요.

請往那邊走。

매표소는 어디에 있어요?

請問售票處在哪裡？

모두 몇 분이세요?

請問總共幾位？

어른 세 명이요.

三位大人。

Day 1
Day 2
Day 3
Day 4
Day 5

수문장 교대 의식은 언제 시작해요?

守門將換崗儀式幾點開始？

오전 10시와 오후 2시 이렇게 하루에 두 번 있대요.

據說是早上10點跟下午2點，一天兩場。

太漂亮了。

너무 예쁘다.

입장권 사기
購買門票

080

🗨 여: **매표소는 어디에 있어요?**
Maepyosoneun eodie isseoyo?
請問售票處在哪裡？

남: **저쪽으로 가시면 있어요.**
Jeojjogeuro gasimyeon isseoyo.
往那邊走就會看到了。

🗨 여: **모두 몇 분이세요?**
Modu myeot buniseyo?
請問總共幾位？

남: **어른 세 명이요.**
Eoreun se myeongiyo.
三個大人。

多說幾句吧！

081

대인 둘, 소인 하나요.
Daein dul, soin hanayo.
兩個大人，一個小孩。

영어 안내문은 없어요?
Yeongeo annaemuneun eopsseoyo?
請問有英文旅遊介紹嗎？

몇 시에 문을 닫나요?
Myeot sie muneul dannayo?
請問幾點閉館？

외국어 안내 서비스를 받을 수 있나요?
Oegugeo annae seobiseureul badeul su innayo?
請問可以申請外語導覽服務嗎？

시간 알아보기
打聽時間

여: **수문장 교대 의식은 몇 시에 시작해요?**
Sumunjang gyodaeuisigeun myeot sie sijakhaeyo?
請問守門將換崗儀式幾點開始？

남: **10시에 시작해요.**
Yeolsie sijakhaeyo.
十點開始。

여: **시간이 얼마나 남았어요?**
Sigani Eolmana namasseoyo?
還有多久才開始？

남: **5분 정도 남았어요.**
Obun jeongdo namasseoyo.
大約五分鐘。

Day 1

Day 2

Day 3

Day 4

Day 5

083

多說幾句吧！

안 늦었어요?
An neujeosseoyo?
沒遲到嗎？

언제 끝나요?
Eonje kkeunnayo?
什麼時候結束？

아직 시작 안 했어요?
Ajik sijak an haesseoyo?
還沒開始嗎？

다음은 언제 시작해요?
Daeumeun eonje sijakhaeyo?
請問下一場什麼時候開始？

느낌 표현하기
表達感受

084

여: **여기 어때요?**
Yeogi eottaeyo?
這裡怎麼樣？

남: **정말 아름다워요.**
Jeongmal areumdawoyo.
真的很美。

남: **저기 한번 보세요.**
Jeogi hanbeon boseyo.
請看那裡。

여: **진짜 귀여워요.**
Jinjja gwiyeowoyo.
真的好可愛。

085

 多說幾句吧！

정말 화려해요.
Jeongmal hwaryeohaeyo.
真華麗。

진짜 크네요.
Jinjja keuneyo.
真的好大喔。

되게 넓어요.
Dwegae neolbeoyo.
非常寬廣。

너무 예뻐요.
Neomu yeppeoyo.
太漂亮了。

1 ~은/는 언제(몇 시에) 시작해요?

~eun/neun oenje(myut sie) sijakaeyo?

請問～什麼時候（幾點）開始？

086

這個句型可以用來詢問某件事情預計開始的時間。如果前面的名詞結尾是子音，要用「은」；如果是母音，要用「는」。

Day 1

Day 2

Day 3

Day 4

Day 5

● **공연은 몇 시에 시작해요?**
Gongyeoneun myeot sie sijakaeyo?
請表演幾點開始？

● **팬 사인회는 몇 시에 시작해요?**
Paen sainhoeneun myeot sie sijakaeyo?
請問粉絲簽名會幾點開始？

● **할인 행사는 언제 시작해요?**
Harin haengsaneun eonje sijakaeyo?
請問折扣活動什麼時候開始？

● **벚꽃 축제는 언제 시작해요?**
Beotkkot chukjeneun eonje sijakaeyo?
請問櫻花季什麼時候開始？

087

來練習吧！

영화 電影
yeonghwa

콘서트 演唱會
konseoteu

매표(티켓팅) 售票
maepyo(tiketing)

예약 預約
yeyak

은/는 + 언제(몇 시에) 시작해요?
~eun/neun eonje(myeot sie) sijakaeyo?
請問～什麼時候（幾點）開始？

2 ~은/는 어디에 있어요?

~eun/neun eodie isseoyo?

請問～在哪裡？

088

當你想詢問可以在哪裡搭公車或地鐵等大眾運輸工具時，可以使用這個句型。如果大眾運輸工具的名字結尾為子音，用「은」；如果結尾是母音，用「는」。

● **매표소는 어디에 있어요?**
Maepyosoneun eodie isseoyo?
請問售票處在哪裡？

● **화장실은 어디에 있어요?**
Hwajangsireun eodie isseoyo?
請問化妝室在哪裡？

● **매점은 어디에 있어요?**
Maejeomeun eodie isseoyo?
請問賣場在哪裡？

● **빨대는 어디에 있어요?**
Ppaldaeneun eodie isseoyo?
請問吸管在哪裡？

089

來練習吧！

흡연구역 吸菸區
heubyeonguyeok

출구 / 입구 出口／入口
chulgu/ipgu

탈의실 更衣室
taruisil

편의점 便利商店
pyeonuijeom

+ **은/는 어디에 있어요?**
~eun/neun eodie isseoyo?
請問～在哪裡？

★ 경복궁 景福宮

090

❶ 국립고궁박물관
gungnipgogungbangmulgwan
國立古宮博物館

❷ 국립민속박물관
gungnimminsokbangmulgwan
國立民俗博物館

❸ 매표소
maepyoso
售票處

❹ 경회루
gyeonghoeru
慶會樓

❺ 근정전
geunjeongjeon
勤政殿

Day 1

Day 2

Day 3

Day 4

Day 5

★ 광화문 光化門

091

인왕산 inwangsan 仁王山	**청와대** cheongwadae 青瓦臺	**해태** haetae 獬豸
세종대왕 동상 sejongdaewang dongsang 世宗大王銅像	**이순신 장군 동상** isunsin janggun dongsang 李舜臣將軍銅像	**광화문 광장** gwanghwamun gwangjang 光化門廣場

單字

★ **매표소** 售票處

092

매표소 / 표 사는 곳
maepyoso / pyo saneun got
售票亭／購票處

디지털(음성) 가이드기 대여
dijiteol(eumseong) gaideugi daeyeo
數位（語音）導覽租賃

대인 / 성인 / 어른 成人
daein / seongin / eoreun

소인 / 아이 / 어린이 兒童
soin / ai / eorini

개인 個人
gaein

청소년 青少年
cheongsonyeon

단체 團體
danche

학생 學生
haksaeng

주간　　　**야간**
jugan　　　yagan
白天　　　夜間

무료 免費　　　muryo

개방 / 개관 開放／開館
gaebang / gaegwan

동절기 冬季
dongjeolgi

휴무일 / 휴관일
hyumuil / hyugwanil
休息日／閉館日

하절기 夏季
hajeolgi

외국어 안내 서비스
oegugeo annae seobiseu
外語導覽服務

가이드
gaideu
導覽

안내문 / 브로셔
annaemun / beurosyeo
旅遊介紹／手冊

지도
jido
地圖

72

093
094

★ 숫자 (고유어)
數字（固有數字）

★ 단위 명사 (고유어 숫자와 함께 쓰는 말)
單位名詞（與固有數字一起使用的詞）

숫자		단위 명사
1 하나(한) hana(han) 一	**10 열** yeol 十	**한 살** han sal 一歲
2 둘(두) dul(du) 二	**20 스물(스무)** seumul(seumu) 二十	**두 마리** du mari 兩隻
3 셋(세) set(se) 三	**30 서른** seoreun 三十	**세 대** se dae 三台 
4 넷(네) net(ne) 四	**40 마흔** maheun 四十	**네 개** ne gae 四個
5 다섯 daseot 五	**50 쉰** swin 五十	**다섯 명** daseot myeong 五位 
6 여섯 yeoseot 六	**60 예순** yesun 六十	**여섯 권** yeoseot gwon 六本
7 일곱 ilgop 七	**70 일흔** ilheun 七十	**일곱 장** ilgop jang 七張
8 여덟 yeodeol 八	**80 여든** yeodeun 八十	**여덟 시 / 시간** yeodeol si / sigan 八點（鐘）
9 아홉 ahop 九	**90 아흔** aheun 九十	
10 열 yeol 十	**100 백** baek 一百	

Day 1

Day 2

Day 3

Day 4

Day 5

★ **시간** 時間

095

12:00 열두 시
yeoldu si

11:00 열한 시
yeolhan si

1:00 한 시
han si

10:00 열 시
yeol si

2:00 두 시
du si

9:00 아홉 시
ahop si

3:00 세 시
se si

8:00 여덟 시
yeodeol si

4:00 네 시
ne si

7:00 일곱 시
ilgop si

5:00 다섯 시
daseot si

6:00 여섯 시
yeoseot si

*表示5、6、7、8、9、10點鐘的固有數字不會在與計算量詞配對時改變。但是，1、2、3、4、11、12點鐘固有數字的字尾子音會在與計算量詞配對時改變。

한 시 십 분
han si sip bun

두 시 이십 분
du si isip bun

세 시 삼십 분 / 세 시 반
se si samsip bun / se si ban

네 시 사십 분
ne si sasip bun

다섯 시 오십 분
daseot si osip bun

여섯 시 오 분
yeoseot si o bun

일곱 시 십오 분
ilgop si sibo bun

여덟 시 이십오 분
yeodeol si isibo bun

아홉 시 삼십오 분
ahop si samsibo bun

열 시 사십오 분
yeol si sasibo bun

*用韓文表達時間時，你可以用固有數字或漢字數字。時間（「si」）是與固有數字配對，而分鐘（「bun」）是與漢字數字配對。

한복 입고 북촌 한옥 마을에서 인생 샷!

穿著韓服在北村韓屋村來張人生美照

看影片
學韓語

在北村韓屋村散步時,你可以租一套韓服然後拍一些照片。走在街上參觀保存良好的韓屋並替自己拍出最美的照片時,可以嗅到韓國文化的氣息。你還可以請路人幫你拍照,交到一些韓國朋友。

練習

- 길 물어보기 問路
- 한복 대여하기 租借韓服
- 사진 찍어 달라고 부탁하기
  請人幫你拍照

單字

- 한옥, 한복, 색깔 어휘
  韓屋、韓服與顏色相關字彙
- 길 찾기 어휘 找路相關字彙

請問韓屋村
要怎麼走？

한옥 마을에 어떻게
가야 돼요?

請問什麼樣
的韓服人氣
最高？

어떤 한복이
인기가 많아요?

女性多半尋
找粉紅色的
款式。

여자 분은 분홍색을
많이 찾으세요.

Day
1

Day
2

Day
3

Day
4

Day
5

那個，不好
意思，請問
可以幫我們
拍照嗎？

저기, 죄송한데
사진 좀 찍어
주시겠어요?

네,
찍어 드릴게요.

好的，我幫
你們拍。

一、二、三！

하나, 둘, 셋!

길 물어보기
問路

096

💬 여: **북촌 한옥 마을에 어떻게 가야 돼요?**
Bukchon hanong maeure eotteoke gaya dwaeyo?
請問北村韓屋村要怎麼去？

남: **안국역 2번 출구로 나가서 표지판을 따라가세요.**
Angugyeok i beon chulguro nagaseo pyojipaneul ttara gaseyo.
從安國站2號出口出去之後跟著路線指示走就行了。

💬 여: **한복 대여점은 여기에서 멀어요?**
Hanbok daeyeojeomeun yeogieseo meoreoyo?
請問韓服出租店離這裡很遠嗎？

남: **아니에요, 가까워요. 5분 정도만 가면 돼요.**
Anieyo, gakkawoyo. Obun jeongdoman gamyeon dwaeyo.
不會，很近。走路五分鐘就到了。

097

 多 說 幾 句 吧 !

지금 여기가 어디예요?
(＊ 지도를 보여 주면서)
Jigeum yeogiga eodiyeyo?
請問這裡是哪裡？
（一邊拿地圖給對方看）

여기에 어떻게 가야 돼요?
(＊ 지도나 사진을 보여 주면서)
Yeogie eotteoke gaya dwaeyo?
請問這裡要怎麼去？
（拿地圖或照片給對方看）

걸어서 얼마나 걸려요?
Georeoseo eolmana geollyeoyo?
請問用走的需要多久？

여기에서 가까워요?
Yeogieseo gakkawoyo?
離這裡很近嗎？

한복 대여하기 1
租借韓服1

여: **한복을 빌리려고 하는데요.**
Hanbogeul billiryeogo haneundeyo.
我想要租韓服。

남: **2시간에 만 원이에요.**
Du sigane man wonieyo.
兩小時10,000韓圓。

여: **신분증을 맡겨야 되나요?**
Sinbunjeungeul matgyeoya doenayo?
請問需要抵押證件嗎?

남: **네, 일행 중 한 분만 여권을 맡기시면 돼요.**
Ne, ilhaeng jung han bunman yeogwoneul matgisimyeon dwaeyo.
是的,同行只要有一人抵押護照就可以了。

Day 1
Day 2
Day 3
Day 4
Day 5

 多 說 幾 句 吧!

한복은 어디에서 빌릴 수 있어요?
Hanbogeun eodieseo billil su isseoyo?
請問我可以去哪裡租韓服?

한 시간에 얼마예요?
Han sigane eolmayeyo?
請問一小時多少錢?

몇 시까지 반납해야 돼요?
Myeot sikkaji bannapaeya dwaeyo?
請問幾點之前必須歸還?

늦게 반납하면 어떻게 해야 돼요?
Neutge bannapamyeon eotteoke haeya dwaeyo?
請問如果超過時間歸還的話會怎樣?

한복 대여하기 2
租借韓服2

100

여: **어떤 한복이 인기가 많아요?**
Eotteon hanbogi ingiga manayo?
請問什麼樣的韓服人氣最高？

남: **여자 분은 분홍색을 많이 찾으세요.**
Yeoja buneun bunhongsaegeul mani chajeuseyo.
女性多半尋找粉紅色的款式。

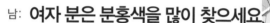

여: **저한테 어울리는 한복을 추천해 주세요.**
Jeohante eoullineun hanbogeul chucheonhae juseyo.
請推薦我一套適合我的韓服。

남: **하늘색 한복이 잘 어울릴 것 같아요.**
Haneulsaek hanbogi jal eoullil geot gatayo.
我覺得您很適合天藍色的韓服。

101

 多說幾句吧！

치마는 어떻게 입어야 돼요?
Chimaneun eotteoke ibeoya dwaeyo?
請問裙子該怎麼穿呢？

다른 걸 입어 봐도 될까요?
Dareun geol ibeo bwado doelkkayo?
我可以試試看別件嗎？

이게 마음에 들어요.
Ige maeume deureoyo.
我喜歡這件。

저고리 입는 것을 도와주세요.
Jeogori imneun geoseul dowajuseyo.
請幫忙我穿短上衣。

이걸 입어 볼게요.
Igeol ibeo bolgeyo.
我要穿這件。

사진 찍어 달라고 부탁하기

請人幫你拍照

여: **저기, 죄송한데 사진 좀 찍어 주시겠어요?**
Jeogi, joesonghande sajin jom jjigeo jusigesseoyo?
那個，不好意思，請問可以幫我們拍照嗎？

남: **네, 찍어 드릴게요.**
Ne, jjigeodeurilgeyo.
好的，我幫你們拍。

남: **찍을게요. 하나, 둘, 셋!**
Jjigeulgeyo. Hana, dul, set!
要拍照囉，1、2、3！

여: **감사합니다. 사진이 잘 나왔어요.**
Gamsahamnida. Sajini jal nawasseoyo.
謝謝，照片看起來很棒。

多說幾句吧！

한 장만 더 찍어 주시겠어요?
Han jangman deo jjigeo jusigesseoyo.
可以再幫我拍一張嗎？

한 번만 다시 찍어 주세요.
Han beonman dasi jjigeo juseyo.
請再幫我拍一次。

우리 같이 찍을까요?
Uri gachi jjigeulkkayo?
要不要一起拍呢？

사진이 잘 나왔어요.
Sajini jal nawasseoyo.
照片看起來很棒。

Day
1

Day
2

Day
3

Day
4

Day
5

~에 어떻게 가야 돼요?

~e eotteoke gaya dwaeyo?

請問～應該要怎麼去？

104

問路時可以使用這個句型。你可以把想去的地點名稱放在「에」之前。

● **여기에 어떻게 가야 돼요?**
Yeogie eotteoke gaya dwaeyo?
請問這裡應該怎麼去？

● **여기에서 인사동에 어떻게 가야 돼요?**
Yeogieseo Insadonge eotteoke gaya dwaeyo?
請問我要怎麼從這裡去仁寺洞？

● **북촌 한옥 마을에 어떻게 가야 돼요?**
Bukchon hanok maeure eotteoke gaya dwaeyo?
請問我要怎麼去北村韓屋村？

105

來練習吧！

경복궁 景福宮
Gyeongbokgung

가로수길 林蔭大道
Garosugil

N서울타워 南山首爾塔
Enseoultawo

롯데월드타워 樂天世界塔
Rotdewoldeutawo

에 + 어떻게 가야 돼요?
e　　eotteoke gaya dwaeyo?
請問我要怎麼去～？

~에 얼마예요?

~e eolmayeyo?

請問~多少錢?

106

當你想要詢問以重量、數量、單位時間或期間計價之某樣物品的價格時，可以使用這個句型。你可以在「에」前面加上名詞表達數量、重量或數字。

● **1시간에 얼마예요?** (시간)
Hansigane eolmayeyo?
請問一小時要多少錢？（時間）

Day 1

● **사과가 1개에 얼마예요?** (물건)
Sagwaga hangaee eolmayeyo?
請問一顆蘋果多少錢？（物體）

Day 2

● **입장료가 1명에 얼마예요?** (표, 사진)
Ipjangnyoga hanmyeonge eolmayeyo?
請問一個人入場費多少錢？（票、照片）

Day 3

● **이 방은 하루에 얼마예요?** (방)
I bangeun harue eolmayeyo?
請問這個房間一天要多少錢？（房間）

Day 4

107

Day 5

來練習吧！

티켓 (표, 사진) 1장 一張入場券（票、照片）
tiket (pyo, sajin) han jang

커피 (컵) 1잔 一杯咖啡、一個杯子
keopi (kop) han jan

치킨 (생선) 1마리 一隻炸雞、一條魚
chikin (saengson) han mari

한 달 一個月
han dal

에 + 얼마예요?
e   eolmayeyo?
～要多少錢？

6 穿著韓服在北村韓屋村來張人生照　83

★ 길 찾기 找路

108

곧장(똑바로, 앞으로) 가다
gotjang(ttokbaro, apeuro) gada
直走

오른쪽으로 돌다
oreunjjogeuro dolda
右轉

왼쪽으로 돌다
oenjjogeuro dolda
左轉

오른쪽
oreunjjok
右

뒤
dwi
後

앞
ap
前

왼쪽
oenjjok
左

길을 건너다
gireul geonneoda
過馬路

횡단보도를 건너다
hoengdanbodoreul geonneoda
穿越人行道

● 길 街道

❶ 내리막길
naerimakgil
下坡

❷ 오르막길
oreumakgil
上坡

❸ 큰길
keungil
大馬路

❹ 횡단보도
hoengdanbodo
斑馬線

❺ 사거리
sageori
十字路口

❻ 골목
golmok
巷弄

❼ 신호등
sinhodeung
紅綠燈

❽ 간판
ganpan
招牌

❾ 표지판
pyojipan
交通號誌

❿ 지하보도
jihabodo
地下道

⓫ 건너편 / 맞은편
geonneopyeon / majeunpyeon
對面

● 건물 建築物

❶ **환전소**
hwanjeonso
換錢所

❷ **여행 안내소**
yeohaeng annaeso
旅客諮詢中心

❸ **버스 정류장**
beoseujeongnyujang
公車站

❹ **편의점**
pyeonuijeom
便利商店

❺ **은행**
eunhaeng
銀行

❻ **경찰서 / 파출소**
gyeongchalseo / pachulso
警察局／派出所

❼ **지하철역**
jihacheoryeok
地鐵站

❽ **주차장**
juchajang
停車場

❾ **과일 가게**
gwail gage
水果行

❿ **백화점**
baekwhajeum
百貨公司

⓫ **마트**
mateu
超市

★ 한옥 韓屋

❶ 대문
daemun
大門

❷ 부엌
bueok
廚房

❸ 마당
madang
庭院

❹ 기와
giwa
屋瓦

❺ 온돌
ondol
暖炕

❻ 마루
maru
地板

❼ 지붕
jibung
屋頂

❽ 처마
cheoma
屋簷

❾ 담 / 담벼락
dam / dambyeorak
牆壁、圍牆

❿ 장독대
jangdokdae
醬缸台

★ **한복** 韓服

112

● **여자 한복** 女性韓服

저고리
jeogori
短上衣

고름
goreum
衣帶

속치마
sokchima
襯裙

치마
chima
裙子

Tip 한복 빌리는 방법 租借韓服的方法

❶確認費用，並讓他們知道你想要租借韓服幾個小時。

❷抵押你的證件，你可以在歸還時拿回證件。

❸選擇你喜歡的韓服，並挑選相稱的配件和鞋子。

● 남자 한복 男性韓服

두루마기
durumagi
長袍

바지
baji
長褲

마고자
magoja
馬褂

조끼
jokki
背心

Day 1

Day 2

Day 3

Day 4

Day 5

● 색깔 顏色

빨간색
紅色
ppalgansaek

분홍색
粉紅色
bunhongsaek

주황색
橘色
juhwangsaek

노란색
黃色
noransaek

초록색
草綠色
choroksaek

연두색
淺綠色
yeondusaek

파란색
藍色
paransaek

하늘색
天空藍
haneulsaek

남색
海軍藍
namsaek

보라색
紫色
borasaek

하얀색
白色
hayansaek

까만색
黑色
kkamansaek

Day 2

7

인사동에서 전통차 한잔!

在仁寺洞喝杯傳統茶飲！

看影片學韓語

● ○ ▽　　　　● ● ● ● ● ●　　　　▮

現在是時候探索仁寺洞的街道，你可以在這裡發現許多古董市集和其他傳統物品。如果累了，就走進一間茶館試試傳統茶吧，你會嚐到以往從未試過的味道。接著，到一間韓國傳統工藝店，做一個屬於自己的簡單小物。這些都會成為回憶此趟旅程的美好紀念品。

練習

- 전통 물건 쇼핑 購買傳統藝品
- 전시회 구경 看展覽
- 전통차 마시기 喝傳統茶
- 공방 체험 工房體驗

單字

- 전통 물건과 체험 프로그램
  傳統物品和體驗活動
- 전통 간식과 전통차
  傳統點心和傳統茶

這是販售的
商品嗎？

請問可以進
去參觀一下
嗎？

可以的，請進。

請問這是什
麼茶？

這是五味子
茶。

當然可以，
這邊請坐。

請問可以體
驗看看嗎？

전통 물건 쇼핑
購買傳統藝品

115

여: **이건 파는 물건이에요?**
Igeon paneun mulgeonieyo?
這是販售的商品嗎？

남: **아니에요, 그건 전시용이에요.**
Anieyo, geugeon jeonsiyongieyo.
不是，那是展示用的。

여: **따로는 안 파세요?**
Ttaroneun an paseyo?
請問沒有單賣嗎？

남: **죄송해요, 그건 세트로만 팔아요.**
Joesonghaeyo, geugeon seteuroman parayo.
不好意思，那只賣一組的。

116

 多說幾句吧！

이건 어디에 쓰는 물건이에요?
Igeon eodie sseuneun mulgeonieyo?
請問這是用來做什麼的？

이거 비행기에 가지고 탈 수 있나요?
Igeo bihaenggie gajigo tal su innayo?
請問這個能帶上飛機嗎？

이거 진짜예요?
Igeo jinjjayeyo?
這是真的嗎？

이걸로 할게요.
Igeollo halgeyo.
我要買這個。

전시회 구경하기

看展覽

117

남: **들어가서 구경해도 돼요?**
Deureogaseo gugyeonghaedo doeyo?
請問可以進去參觀一下嗎？

여: **네, 들어오세요.**
Ne, deureooseyo.
可以的，請進。

Day 1

Day 2

Day 3

Day 4

Day 5

118

多說幾句吧！

무슨 전시를 하고 있어요?
Museun jeonsireul hago isseoyo?
請問你們在辦什麼展覽？

입장권을 사야 되나요?
Ipjanggwoneul saya doenayo?
請問需要買票嗎？

이 전시는 언제까지 하나요?
I jeonsineun eonjekkaji hanayo?
請問這個展覽到什麼時候？

영어로 된 브로셔가 있나요?
Yeongeoro doen beurosyeoga innayo?
請問你們有英文手冊嗎？

작품을 구매할 수 있나요?
Jakpumeul gumaehal su innayo?
請問可以購買作品嗎？

전통차 마시기
喝傳統茶

119

여: **이 차는 무슨 차예요?**
I chaneun museun chayeyo?
請問這是什麼茶？

남: **식혜예요.**
Sikhyeyeyo.
這是食醯（甜米釀）。

여: (이 차는) **뭘로 만들었어요?**
(i chaneun) Mwollo mandeureosseoyo?
請問（這茶）是用什麼做的？

남: **쌀로 만들었어요.**
Ssallo mandeureosseoyo.
是用米做的。

120

 多說幾句吧！

이 차에는 뭐가 들어가요?
I chaneun mwoga deureogayo?
請問茶裡面放了什麼？

달아요?
Darayo?
甜嗎？

맛이 어때요?
Masi eottaeyo?
味道如何？

따뜻해요?
Ttatteutaeyo?
暖暖的嗎？

체험 공방에서 물건 만들기
在體驗工房製作物品

121

여: **이건 무슨 체험이에요?**
Igeon museun cheheomieyo?
請問這是體驗什麼？

남: **손거울 만들기예요.**
Songeoul mandeulgiyeyo.
製作手工鏡子。

Day
1

Day
2

Day
3

Day
4

Day
5

여: **한번 해 볼 수 있어요?**
Hanbeon hae bol su isseoyo?
請問我可以試試看嗎？

남: **그럼요, 여기 앉으세요.**
Geureomyo, yeogi anjeuseyo.
當然可以，這裡請坐。

122

多 說 幾 句 吧 !

체험하는 데 시간이 얼마나 걸려요?
Cheheomhaneun de sigani eolmana geollyeoyo?
請問體驗會花多久時間？

이제 어떻게 해야 돼요?
Ije eotteoke haeya dwaeyo?
請問接下來應該怎麼做？

쉬워요? / 어려워요?
Swiwoyo? / Eoryeowoyo?
簡單嗎？／困難嗎？

한 번만 다시 보여 주세요.
Han beonman dasi boyeo juseyo.
請再示範一次給我看。

~로 된 ~이/가 있나요?
~ro doen ~i/ga innayo?
請問有~的~嗎?

123

你可以用這個句子詢問手冊或菜單是否有你能理解的特定語言版本。

● **중국어로 된 브로셔가 있나요?**
 Junggugeoro doen beurosyeoga innayo?
 請問有中文手冊嗎?

● **일본어로 된 메뉴판이 있나요?**
 Ilboneoro doen menyupani innayo?
 請問有日文菜單嗎?

● **베트남어로 된 설명서가 있나요?**
 Beteunameoro doen seolmyeongseoga innayo?
 請問有越南文的說明書嗎?

來練習吧!

124

태국어 Taegugeo 泰文	**안내문** annaemun 介紹、說明	
러시아어 Reosiaeo 俄文	**브로셔** beurosyeo 手冊	
프랑스어 Peurangseueoro 法文	**메뉴판** menyupan 菜單	**이/가 있나요?** i/ga innayo? 請問有~的~嗎?
아랍어 Arabeo 阿拉伯文	**설명서** seolmyeongseo 說明書	

+ 로 된
ro doen

+ 이/가 있나요?
i/ga innayo?
請問有~的~嗎?

② 무슨 ~이에요?/예요?
(igeon) Museun ~ ieyo/yeyo?
是什麼樣的～？

125

這個句型可以用來詢問關於某個東西的更多細節，例如它的名字或內容。如果名詞的結尾是子音，你要說～이에요？如果結尾是母音，則要說～예요？

● **무슨 전시예요?**
Museun jeonsiyeyo?
請問是什麼展覽？

Day 1

● **무슨 공연이에요?**
Museun gongyeonieyo?
請問是什麼公演？

Day 2

● **이건 무슨 차예요?**
Igeon museun chayeyo?
請問這是什麼茶？

Day 3

● **이건 무슨 체험이에요?**
Igeon museun cheheomieyo?
請問這是體驗什麼？

Day 4

126

Day 5

▶ 來練習吧！

(이건) 무슨	**음식** 食物	**이에요?/예요?**
(Igeon) Museun	eumsik	ieyo?/yeyo?
請問（這是）	**과일** 水果	什麼～？
	gwail	
	책 書	
	chaek	
	노래 歌曲	
	norae	

★ 전통 물건과 체험 프로그램 傳統藝品和體驗活動

127

도자기 공예 **도자기**
dojagi gongye dojagi
陶瓷器工藝 陶瓷器

매듭 공예 **노리개**
maedeup norigae
gongye 掛飾、飾品
繩結工藝

부채 만들기 **부채**
buchae mandeulgi buchae
製作扇子 扇子

한지 공예 **한지**
hanji gongye hanji
韓紙工藝 韓紙

도장 만들기 **도장**
dojang mandeulgi dojang
製作印章 印章

자개 공예 **자개**
jagae gongye jagae
鏍鈿工藝 鏍鈿

가죽 공예
gajuk gongye
皮革工藝

가죽
gajuk
皮

동판 공예
dongpan gongye
銅板工藝

풍경
punggyeong
風鈴

Day 1

Day 2

Day 3

Day 4

Day 5

전통 탈 만들기
jeontong tal mandeulgi
製作傳統面具

탈
tal
面具

염색 체험
yeomsaek cheheom
染色體驗

보자기
bojagi
包袱

복주머니
bokjumeoni
福袋、小荷包

비녀
binyeo
髮簪

병풍
byeongpung
屏風

엽전
yeopjeon
銅幣

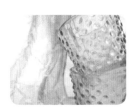

유리 공예
yuri gongye
玻璃工藝

전통 간식 傳統點心 — 128

한과
hangwa
韓菓子

약과
yakgwa
藥果

팥빙수
patbingsu
紅豆刨冰

가래떡
garaetteok
長條狀年糕

콩떡
kongtteok
豆糕

쑥떡
ssuktteok
艾糕

팥죽
Patjuk
紅豆粥

호떡
hotteok
糖餅

화채
hwachae
花菜

☕ 차의 맛 茶的味道

129

달아요 - 달콤해요
darayo - dalkomhaeyo
甜-甘甜

셔요 - 새콤해요
syeoyo - saekomhaeyo
酸-酸酸甜甜

매워요 - 매콤해요
mayweyo - maykhomhayyo
辣-辣辣甜甜

써요 - 씁쓸해요
sseoyo - sseupsseulhaeyo
苦-苦澀

전통차 傳統茶

대추차
daechucha
紅棗茶

쌍화차
ssanghwacha
雙和茶

생강차
saenggangcha
薑茶

Day 1

Day 2

모과차
mogwacha
木瓜茶

유자차
yujacha
柚子茶

오미자차
omijacha
五味子茶

Day 3

석류차
seongnyucha
石榴茶

국화차
gukwacha
菊花茶

쑥차
ssukcha
艾草茶

Day 4

Day 5

수정과
Sujeonggwa
水正果

식혜
Sikhye
食醢

미숫가루
misutgaru
穀物飲

인삼차
insamcha
人參茶

매실차
maesilcha
梅子茶

녹차
nokcha
綠茶

N서울타워에서 본 야경

在南山首爾塔看夜景

看影片
學韓語

你知道首爾是不夜城嗎？在首爾市中心南山跳上一台纜車，前往南山首爾塔。你可以享受零死角的首爾夜景，感受不夜城永不熄滅的燈火闌珊。

練習

- 택시 타기 搭計程車
- N서울타워 다녀오기1(케이블카로)
  造訪南山首爾塔1（搭纜車）
- N서울타워 다녀오기2(걸어서)
  造訪南山首爾塔2（走路）
- 전망대 올라가서 야경보기 登上觀景台看夜景

單字

- 한국의 도로 韓國的道路
- 택시 관련 어휘 計程車相關單字

實境生活對話

남산 케이블카 타는 곳까지 가 주세요.

請帶我們去搭乘南山纜車的地點。

어디까지 가세요?

請問要去哪?

편도로 끊을게요.

我要買單程票。

Day 1

Day 2

Day 3

Day 4

Day 5

저기 동대문도 보인다!

那邊還看得到東大門!

와! 진짜 예쁘다!

哇!真的好美!

是,請沿著那邊的階梯一直往下走。

걸어서 가려면 어디로 가야 돼요?

請問要走路去的話,應該要往哪邊走?

네, 저쪽 계단 따라서 쭉 내려가세요.

택시 타기
搭計程車

131

🔵 남: **어디까지 가세요?**
Eodikkaji gaseyo?
請問想去哪裡？

여: **남산 케이블카 타는 곳 가 주세요.**
Namsan keibeulka taneun got ga juseyo.
請帶我去南山纜車乘車處。

🔵 남: **다 왔습니다.**
Da watseumnida.
我們到了。

여: **여기가 케이블카 타는 곳이에요?**
Yeogiga keibeulka taneun gosieyo?
這裡是搭纜車的地方嗎？

132

 多說幾句吧！

남산 도서관 가나요? (택시 타기 전)
Namsan doseogwan ganayo?
請問有去南山圖書館嗎？（搭上計程車之前）

저기 앞에서 세워 주세요. (손가락으로 가리키면서)
Jeogi apeseo sewojuseyo.
請在前面那邊停車。
（一邊用手指頭指著一個地點）

시간이 얼마나 걸릴까요?
Sigani eolmana geollilkkayo?
請問需要花多久時間？

(교통) **카드로 결제할게요.**
(gyotong) Kadeuro gyeoljehalgeyo.
我要用（交通）卡片支付。

여: **왕복 티켓 주세요.**
Wangbok tiket juseyo.
請給我來回票。

남: **몇 장 드릴까요?**
Myeot jang deurilkkayo?
請問您要幾張？

여: **마지막 케이블카는 몇 시에 있어요?**
Majimak keibeulkaneun myeot sie isseoyo?
請問最後一班纜車是什麼時候？

남: **케이블카 이용은 오후 11시까지입니다.**
Keibeul ka iyongeun ohu 11sikkajiipnida.
纜車營運到晚上11點。

 多說幾句吧！

134

왕복표(편도표)로 끊을게요.
Wangbokpyo(pyeondoypo)ro
kkeuneulgeyo.
我要買來回票（單程票）。

뒤에 일행이 있어서 좀 기다릴게요.
Dwie ilhaengi isseoseo jom gidarilgeyo.
還有同行人還沒來，要稍等一下。

저희는 3명이 같이 탈게요.
Jeohuineun se myeongi gachi talgeyo.
我們三個人要一起搭。

먼저 타세요. (뒤에 기다리는 사람에게 양보하면서)
Meonjeo taseyo.
您先請。（禮讓後面排隊等待的人）

N서울타워 다녀오기 2 (걸어서)

造訪南山首爾塔2（走路）

135

여: (N서울타워에) **걸어서 가려면 어디로 가야 돼요?**
(Nseoultawoe) Georeoseo Garyeomyeon eodiro gaya dwaeyo?
請問要走路去（南山首爾塔）的話，應該要往哪邊走？

남: **저쪽 계단을 따라서 올라가세요.**
Jeojjok gyedaneul ttaraseo ollagaseyo.
請沿著那邊的階梯一直往上走。

여: **걸어서 가면 시간이 얼마나 걸려요?**
Georeoseo gamyeon sigani eolmana geollyeoyo?
請問走路過去需要多久時間？

남: **보통 4~50분 정도 걸려요.**
Botong saosipbun jeongdo geollyeoyo.
通常是40~50分鐘。

136

 多說幾句吧！

이쪽으로 가면 돼요? (가는 방향이 맞는지 확인)
Ijjogeuro gamyeon dwaeyo?
往這邊走就可以了嗎？
（確認前往的方向是否正確）

여기부터 얼마나 걸려요? (남은 시간 확인)
Yeogibuteo eolmana geollyeoyo?
請問從這裡過去要多久？
（確認剩餘時間）

이 길 맞나요? (가고 있는 길이 맞는지 확인)
I gil mannayo?
這條路對嗎？（確認走的路是否正確）

얼마나 더 가야 돼요? (남은 거리 확인)
Eolmana deo gaya dwaeyo?
請問還要走多久？（確認剩餘的距離）

전망대 올라가서 야경 보기
登上觀景台看夜景

137

🗨 여: **엘리베이터는 어디에서 타요?**
Ellibeiteoneun eodieseo tayo?
請問電梯要去哪裡搭？

남: **왼쪽으로 가시면 됩니다.**
Oenjjogeuro gasimyeon doemnida.
往左邊走就會看到了。

🗨 여: **야경이 너무 예뻐요.**
Yagyeongi neomu yeppeoyo.
夜景太漂亮了。

남: **네, 정말 아름답네요.**
Ne, jeongmal areumdamneyo.
對啊，真美。

138

🔊 多說幾句吧！

전망대 입장권은 어디에서 사요?
Jeonmangdae ipjanggwoneun eodieseo sayo?
請問觀景台門票要去哪邊買？

저기는 어디예요? (경치를 보고 궁금한 곳을 가리키면서)
Jeogineun eodiyeyo?
請問那邊是哪裡？
（看著夜景指著好奇的地方）

경치가 좋네요.
Gyeongchiga jolneyo.
景色真美麗。

신기해요.
Singihaeyo.
真神奇。

~ 가 주세요.

~ ga juseyo.
請帶我去～。

139

你可以搭上計程車後對司機說這句話，告知目的地。

● **이태원 경리단길 가 주세요.**
Itaewon gyeongnidangil ga juseyo.
請帶我去梨泰院的經理團路。

● **남산 도서관 가 주세요.**
Namsan doseogwan ga juseyo.
請帶我去南山圖書館。

● **남산 케이블카 타는 곳 가 주세요.**
Namsan keibeulka taneun got ga juseyo.
請帶我去南山纜車乘車處。

● **인천공항 가 주세요.**
Incheongonghang ga juseyo.
請帶我去仁川機場。

140

來練習吧！

여의도 63빌딩 汝矣島63大廈 Yeouido yuksambilding	
잠실 올림픽 경기장 蠶室奧林匹克主競技場 Jamsil ollimpik gyeonggijang	**+ 가 주세요.** ~ga juseyo. 請帶我去～。
반포 한강공원 盤浦漢江公園 Banpo hanganggongwon	
상암 MBC 上岩MBC Sangam embissi	

108

2 ~은/는 어디에서 ~?
~ eun/neun eodieseo ~?
請問～要在哪裡～？

141

你可以用這個句型詢問你能在哪裡做某件事情。如果開頭名詞結尾是子音，要使用「은」；如果結尾是母音，要使用「는」。

● **표는 어디에서 사요?**
Pyoneun eodieseo sayo?
請問票要在哪邊買？

● **택시는 어디에서 타요?**
Taeksineun eodieseo tayo?
請問計程車要在哪裡搭？

● **옷은 어디에서 갈아입어요?**
Oteun eodieseo garaibeoyo?
請問衣服要在哪邊換？

● **쓰레기는 어디에* 버려요?**
Sseuregineun eodie beoryeoyo?
請問垃圾要丟哪裡？

*如果是動詞，如「丟（버려요）」、「放（놓아요）」、「戳（붙여요）」，要用「어디에」替代「어디에서」。

142

來練習吧！

자물쇠 鎖 jamulsoe		사요 買 sayo	
엘리베이터 電梯 ellibeiteo	**+ 은/는 어디에서 +** ~ eodieseo ~ 請問要在哪裡	타요 搭／坐 tayo	**?**
한복 韓服 hanbok		빌려요 租 billyeoyo	
음식 食物 eumsik		먹어요 吃 meogeoyo	

★ 한국의 도로 韓國的道路

143

인도
indo
人行道

일방통행
ilbangtonghaeng
單行道

차도
chado
車道

자전거 도로
jajeongeo doro
自行車道

버스 전용 차로
beoseu jeonyong charo
公車專用道

고속도로
gosokdoro
高速公路／快速道路

★ 택시의 종류 計程車的種類

144

| 택시
taeksi
計程車 | 모범택시
mobeomtaeksi
模範計程車 | 장애인 콜택시
jangaein koltaeksi
無障礙計程車 |

★ 택시 計程車

145

❶ 앞자리
apjari
前座

❷ 운전기사
unjeongisa
司機

❸ 뒷자리
dwitjari
後座

❹ 안전벨트
anjeonbelteu
安全帶

❺ 운전석
unjeonseok
駕駛座

❻ 미터기
miteogi
儀表板

❼ 보조석
bojoseok
副駕駛座

❽ 카드 결제기
kadeu gyeoljegindo
刷卡機

Day 1

Day 2

Day 3

Day 4

Day 5

★ 택시에서 방향 지시하기 在計程車上告知方向

146

저 앞에서 在前面
jeo apeseo

| 좌회전 左轉
jwahoejeon |
| 우회전 右轉
uhoejeon |
| 직진 直走
jikjin |
| 유턴 迴轉
yuteon |

해 주세요. 請。
hae juseyo.

시티 투어 시작!

看影片
學韓語

開始城市之旅！

♥ ○ ▽ • • • • • •

這是旅行的Day3，今天我們會參加一趟首爾行！我們已經花了兩天參觀首爾重要觀光景點，現在是時候瞧瞧首爾市民最熱門、最流行的聚會地點。我們會逛一圈大型購物商場、啜飲一杯咖啡、參觀書店看看韓文書，再買一些帶有時下特色的文具！

練習

- 도서 구매하기 買書
- 커피 주문하기 點咖啡
- 팬시 용품 구매하기 買文創商品
- 푸드 코트 이용 使用美食區

單字

- 책방 書店
- 커피숍 咖啡店
- 팬시 용품점 文創商品店
- 푸드 코트 美食區

한국어 교재는
어느 쪽에 있어요?

請問韓語教材
在哪邊？

請給我兩杯熱
美式，一杯冰
摩卡。

아메리카노 따뜻한
걸로 두 잔, 아이스 카페
모카 한 잔 주세요.

Day
1

Day
2

Day
3

Day
4

Day
5

이건 어디에
쓰는 거예요?

這是做什麼用
的？

여기 자리
있나요?

請問這裡有
人坐嗎？

아니요,
앉으셔도 돼요.

沒有，請坐。

도서 구매하기
買書

147

남: **한국어 교재는 어느 쪽에 있어요?**
Hangugeo gyojaeneun eoneu jjoge isseoyo?
請問韓語教材在哪邊？

여: **D구역으로 가 보세요.**
Diguyeogeuro ga boseyo.
請到D區看看。

여: **K-Pop으로 한국어를 배우는 책이 있나요?**
Keipabeuro hangugeoreul baeuneun chaegi itnayo?
請問有用K-Pop學韓文的書嗎？

남: **잠시만요, 제가 한번 찾아봐 드릴게요.**
Jamsimanyo, jega han beon chajabwa deurilgeyo.
稍等一下，我幫您找找看。

148

 多説幾句吧！

BTS 사진집 있나요?
BTS sajinjib innayo?
請問有BTS的寫真集嗎？

A구역이 어디예요?
Eiguyeogi eodiyeyo?
請問A區在哪裡？

책 찾는 것 좀 도와주시겠어요?
Chaek channeun geot jom dowajusigesseoyo?
請問可以幫我找書嗎？

이거 어떻게 사용하는 거예요?
Igeo eotteoke sayonghaneun geoyeyo?
請問這個要怎麼使用？

커피 주문하기
點咖啡

🗨 남: **아메리카노 따뜻한 걸로 한 잔 주세요.**
Amerikano ttatteuthan geollo han jan juseyo.
請給我一杯熱美式。

여: **어떤 사이즈로 드릴까요?**
Eotteon saijeuro deurilkkayo?
請問你想要什麼大小？

🗨 여: **아이스 카페모카 하나 주세요.**
Aiseu kapemoka hana juseyo.
請給我冰摩卡。

남: **크림은 빼고 드릴까요?**
Keurimeun ppaego deurilkkayo?
要幫您去掉鮮奶油嗎？

150

🔊 多說幾句吧！

톨 사이즈로 할게요.
Tol saijeuro halgeyo.
我要中杯。

마시고 갈 거예요.
Masigo gal geoyeyo.
內用。

일회용 컵에 주세요.
Ilhoeyong keobe juseyo.
請幫我用外帶杯。

샷을 추가해 주세요.
Syaseul chugahae juseyo.
請幫我多加一份濃縮咖啡。

팬시 용품 구매
買文創商品

151

💬 여: **이건 어디에 쓰는 거예요?**
Igeon eodie sseuneun geoyeyo?
請問這是做什麼用的？

남: **그건, 노트북 파우치예요.**
Geugeon, noteubuk pauchiyeyo.
那是筆電包。

💬 여: **이거 새 걸로 없나요?** (전시용 상품을 보여 주면서)
Igeo sae geolro eomnayo?
請問有全新的嗎？（拿展示品給對方看）

남: **네, 제가 찾아봐 드릴게요.**
Ne, jega chajabwa deurilgeyo.
有的，我幫您找一下。

152

 多說幾句吧！

이 캐릭터 이름이 뭐예요?
I kaerikteo ireumi mwoyeyo?
請問這個角色的名字是什麼？

이것도 세일하나요?
Igeotdo seilhanayo?
這個也在特價嗎？

혹시 휴대폰 케이스도 있나요?
Hoksi hyudaepon keiseudo innayo?
請問有手機殼嗎？

선물용으로 포장해 주실 수 있나요?
Seonmuryongeuro pojanghae jusil su innayo?
請問可以幫我包成禮物嗎？

푸드 코트 이용
使用美食區

153

여: **여기 자리 있어요?**
Yeogi jari isseoyo?
請問這個位子有人坐嗎？

남: **아니요, 앉으셔도 돼요.**
Aniyo, anjeusyeodo dwaeyo.
沒有，你可以坐。

여: **7번인데 아직 음식이 안 나왔어요.**
Chilbeoninde ajik eumsigi an nawasseoyo.
我的號碼是七號，我餐點還沒來。

남: **이제 곧 나옵니다. 진동벨로 알려 드릴테니 앉아서 기다려 주세요.**
Ije got naopnida. jindongbello allyeo deuriteni anjaseo gidaryeo juseyo.
快做好了。我們會用取餐呼叫器通知你，請坐著稍等。

Day 1
Day 2
Day 3
Day 4
Day 5

 多說幾句吧！

154

여기 앉아도 돼요? (빈자리 옆 다른 손님에게)
Yeogi anjado dwaeyo?
請問我可以坐這裡嗎？（對空位旁的客人說）

죄송한데, 여기 저희 자린데요.
(맡아 놓은 자리에 앉은 다른 손님에게)
Joesonghande, yeogi jeohui jarindeyo.
不好意思，這是我們的位子。
（對坐在佔好的坐位上的客人說）

주문은 어디에서 해요?
Jumuneun eodieseo haeyo?
請問要在哪裡點餐？

빈 그릇은 어디에 두나요?
Bin geureuseun eodie dunayo?
請問空碗盤要放在哪裡？

~ (으)로 할게요.
~(eu)ro halgeyo
我要～。

155

這個句型是用在當你決定從幾個選項中決定某項物品。當名詞的結尾是子音時，用「으로」；當名詞的結尾是母音或終聲為「ㄹ」時，用「로」。

● **이거로 할게요.**
Igeoro halgeyo.
我要這個。

● **톨 사이즈로 할게요.**
Tol saijeuro halgeyo.
我要中杯。

● **작은 거로 할게요.**
Jageun georo halgeyo.
我要小的。

156

來練習吧！

그거 那個
geugeo

빨간색 紅色
ppalgansaek

큰 거 大的
keun geo

따뜻한 거 熱的
ttatteuthan geo

+ **(으)로 할게요.**
(eu)ro halgeyo.
我要～。

2 ~은/는 빼고 주세요.

~eun/neun ppaego juseyo

請不要放～。

157

你可以用這個句型要求把某個你不想要的東西拿走。「은」會與子音結尾的名詞配對，而前面的名詞是母音結尾時，用「는」。

Day 1

Day 2

Day 3

Day 4

Day 5

● **크림은 빼고 주세요.**
Keurimeun ppaego juseyo.
請不要放鮮奶油。

● **시럽은 빼고 주세요.**
Sireobeun ppaego juseyo.
請不要放糖漿。

● **매운 거는 빼고 주세요.**
Maeun geoneun ppaego juseyo.
請不要放辣的東西。

● **알레르기가 있는데 견과류는 빼고 주세요.**
Allereugiga inneunde gyeongwaryuneun ppaego juseyo.
我會過敏，請不要放堅果類。

158

> 來練習吧！

새우 蝦子
saeu

조개 蛤蠣
jogae

양파 洋蔥
yangpa

고춧가루 辣椒粉
gochutgaru

+ **은/는 빼고 주세요.**
eun/neun ppaego juseyo.
請不要放～。

單字

★ 책방 書店

159

도서 검색대 自助服務機
Doseo geomsaekdae

구역 區域
Guyeok

계산대 結帳櫃檯
Gyesandae

책 읽는 곳 閱覽區
Chaek ingneun got

★ 책 종류 書籍種類

160

잡지
japji
雜誌

화보집
hwabojip
寫真集

소설
soseol
小說

한국어 교재
hanggugeo gyojae
韓語教材

만화책
manhwachaek
漫畫書

여행서
yeohaengseo
旅遊遊記

 도서 검색대 이용 방법
自助服務機使用方法

에세이
esei
散文

외국 도서
oeguk doseo
外文書

韓國大部分的大型書店都有店內電腦，讓顧客可以找到自己想要的書。如果你輸入正在找的書名，電腦會顯示出來並告訴你哪裡可以找到書。

★ 커피 종류 咖啡種類 — 161

오늘의 커피 每日精選咖啡
oneurui keopi

에스프레소 義式濃縮咖啡
eseupeureso

아메리카노 美式咖啡
amerikano

콜드 브루 冷萃咖啡
koldeu beuru

카페 라테 拿鐵咖啡
kape rate

카페 모카 摩卡咖啡
kape moka

카라멜 마키아토 焦糖瑪奇朵
karamel makiato

화이트 초콜릿 모카 白巧克力摩卡
hwaiteu chokollit moka

아이스- 冰的
aiseu-

숏 一小杯
syot

샷 추가 多一份濃縮咖啡
syat chuga

레귤러 中杯
regyulleo

디카페인 低咖啡因
dikapein

라지 大杯
raji

일회용컵 外帶杯
ilhoeyongkeop

Tip '아메리카노'와 '오늘의 커피'
「美式咖啡」與「每日精選咖啡」

韓國很多咖啡店的美式咖啡為兩單位濃縮咖啡和開水混合。如果你想試試看冰萃咖啡而非美式，可以點每日精選咖啡。

머그컵 馬克杯
meogeukeop

Day 1

Day 2

Day 3

Day 4

Day 5

★ 커피숍 咖啡店 — 162

컵 홀더
keopoldeo
咖啡杯套

뚜껑
ttukkeong
杯蓋

빨대
ppaldae
吸管

트레이
teurei
托盤

텀블러
teombeulleo
保溫杯

설탕
seoltang
砂糖

시럽
sireop
糖漿

시나몬 가루
sinamon garu
肉桂粉

★ 팬시숍 文創商品店

피규어
pigyueo
公仔

쿠션
kusyeon
抱枕

액자
aekja
相框

파우치
pauchi
化妝包

머그컵
meogeukeop
馬克杯

모자
moja
帽子

향초
hyangcho
香氛蠟燭

노트
noteu
筆記本

인형
inhyeong
娃娃

휴대용 선풍기
hyudaeyong seonpunggi
可攜式電風扇

캘린더(달력)
kaellindeo(dallyeok)
月曆

에코백
ekobaek
環保袋

베개
begae
枕頭

휴대폰 케이스
hyudaepon keiseu
手機殼

> **Tip** **카카오톡과 라인**
> KakaoTalk 和 Line
>
> 有兩款韓國開發的手機通訊軟體：KakaoTalk和Line。KakaoTalk在韓國比較廣為使用，但Line在韓國之外有更多使用者，特別是在日本和東南亞。因為越來越多人使用這些應用程式，他們的表情貼圖也越來越熱門。現在，你可以在每個地方發現相關角色的授權商品。

볼펜
bolpen
原子筆

★ 푸드 코트 美食區

Day 1

Day 2

Day 3

Day 4

Day 5

❶ 주문대 / 주문하는 곳 點餐櫃檯
jumundae / jumunhaneun got

❷ 반납대 / 식기 반납하는 곳 餐盤回收區
bannapdae / sikgi bannapaneun got

❸ 주문 번호 點餐號碼
jumunbeonho

❹ 진동 벨 取餐呼叫器
jindongbel

❺ 주문 표 點餐明細
jumunpyo

❻ 전광판 電子螢幕
jeongwangpan

❼ 식탁 / 테이블 餐桌
siktak / teibeul

❽ 유아 의자 / 아기 의자 兒童椅
yua uija / agi uija

❾ 의자 / 자리 椅子
uija / jari

❿ 식수대 飲水機
siksudae

서울 안의 작은 지구촌, 이태원

首爾中的小小地球村，梨泰院

看影片
學韓語

你知道首爾的公車效率非常高，而且很可靠，能與地鐵系統相提並論嗎？比起地鐵，公車可以帶你更接近目的地。所以，如果你已經準備好了，我們這就前往梨泰院，這個在首爾最具異國情調的地方吧！

練習

- 버스 타기 搭公車
- 로드숍에서 흥정하기 在路邊商家殺價
- 환전하기 換匯
- 패스트푸드 주문하기 點速食

單字

- 버스 公車
- 기념품 紀念品
- 환전소 換錢所
- 패스트푸드 음식 速食

여기에서 라면
이태원 가나요?

這裡可以搭到
梨泰院嗎？

네, 맞아요.
여기에서 라면
돼요.

是的，沒錯。這
裡搭就可以了。

12,000원이에요.

12,000韓元。

지금 만 원밖에
없는데 만 원에
안 될까요?

我現在只有10,000
韓元，可以算
10,000韓元嗎？

Day
1

Day
2

Day
3

Day
4

Day
5

달러 좀
환전하려고
하는데요.

我要用美金
換韓元。

불고기 버거
하나 주세요.

請給我一份
烤肉漢堡。

버스 타기

搭公車

165

💬 여: **아저씨, 여기에서 타면 이태원 가나요?**
Ajeossi, yeogieseo tamyeon itaewon ganayo?
大叔，請問這裡可以搭到梨泰院嗎？

남: **아니요, 길 건너서 타세요.**
Aniyo, gil geonneoseo taseyo.
不行，請到對面搭車。

 多說幾句吧！

 166

이태원까지 한 번에 가는 버스가 있나요?
Itaewonkkaji han beone ganeun beoseuga itnayo?
請問有直達梨泰院的公車嗎？

경리단길에 가려면 어디에서 내려야 돼요?
Gyeongnidangire garyeomyeon eodieseo naeryeoya dwaeyo?
請問如果我想去經理團路，應該要在哪裡下車？

다음이 어디예요? (버스에 타서 다음 정류소를 물어볼 때)
Daeumi eodiyeyo?
請問下一站是哪裡？（上公車後詢問下一站是哪裡時）

해밀턴 호텔에 도착하면 말씀해 주시겠어요?
Haemilteon hotere dochakhamyeon malsseumhae jusigesseoyo?
請問到哈密爾頓酒店的時候可以告訴我一聲嗎？

로드숍에서 흥정하기

在路邊商家殺價

🗨 남: **하나에 12,000원이에요.**
Hanae manicheonwonieyo.
一個12,000韓元。

여: **지금 만 원밖에 없는데 만 원에 안 될까요?**
Jigeum man wonbakke eomneunde man wone an doelkkayo?
我現在只有10,000韓元，可以算10,000韓元嗎？

🗨 남: **가방이나 신발 필요 없으세요? 필요한 게 있으면 들어와서 구경하세요.**
Gabangina sinbal piryo eopsseuseyo? Piryohan ge isseumyeon deureowaseo gugyeonghaseyo.
請問需要包包或鞋子嗎？如果有需要的東西，請進來裡面看看。

여: **괜찮아요. 필요 없어요.**
Gwaenchanayo. Piryo eobsseoyo.
沒關係，我不需要。

Day 1

Day 2

Day 3

Day 4

Day 5

多說幾句吧！

168

얼마까지 해 주실 수 있으세요?
Eolmakkaji hae jusil su isseuseyo?
請問你可以算我多少錢？

여러 개 사면 싸게 해 주시나요?
Yeoreo gae samyeon ssage hae jusinayo?
如果我買好幾個，會算我便宜一點嗎？

달러로 계산해도 돼요?
Dalleoro gyesanhaedo dwaeyo?
請問可以付美金嗎？

다음에 다시 올게요.
Daeume dasi olgeyo.
我下次再來。

환전하기

換匯

169

> 여: **300달러만 환전할게요.**
> Sambaekdalleoman hwanjeonhalgeyo.
> 我要換300美元。

> 남: **5만 원짜리는 몇 장 드릴까요?**
> Omanwonjjarineun myeot jang deurilkkayo?
> 請問你要幾張50,000韓元鈔票？

 多說幾句吧！

170

달러 좀 환전하려고 하는데요.
Dalleo jom hwanjeohharyeogo haneun deyo.
我想用美金換韓元。

오늘 달러 환율이 어떻게 돼요?
Oneul dalleo hwanyuri eotteoke dwaeyo?
請問今天美金匯率多少？

10만 원은 만 원짜리로 주세요.
Simmanwoneun manwonjjariro juseyo.
10萬韓元請幫我換1萬韓元的鈔票。

환전 수수료가 따로 있나요?
Hwanjeonsusuryoga taro innayo?
請問你們有收換匯手續費嗎？

패스트푸드 주문하기
點速食

171

여: 불고기 버거 세트 하나 주세요.
Bulgogi beogeo seteu hana juseyo.
請給我一份烤肉漢堡套餐。

남: 음료는 콜라 괜찮으신가요?
Eumnyoneun kolla gwaenchaneusingayo?
飲料可樂可以嗎?

Day 1

Day 2

Day 3

Day 4

Day 5

남: 3번 세트 하나 주세요. 감자튀김이랑 콜라는 라지 사이즈로 주세요.
Sambeon seteu hana juseyo. gamjatwigimirang kollaneun raji saijeuro juseyo.
請給我一份三號餐。薯條和可樂請給我大份的。

여: 여기서 드시고 가세요?
Yeogiseo deusigo gaseyo?
內用嗎?

多說幾句吧!

172

음료는 다이어트 콜라로 주세요.
Eumnyoneun daieoteukollaro juseyo.
我想要零卡可樂,麻煩了。

여기서 먹고 갈 거예요.
Yeogiseo meokgo gal geoyeyo.
要內用。

양파는 빼고 주세요.
Yangpaneun ppaego juseyo.
請不要加洋蔥。

포장해 주세요.
Pojanghae juseyo.
請幫我外帶。

~밖에 없어요.

~bakke eobseoyo

只有～。

173

當你想表達你只有某些東西時，可以使用這個句型。你也可以用這個句型表達你只有少量的某個東西。

● **카드밖에 없어요.**
Kadeubakke eobseoyo.
我只有信用卡。

● **오천 원밖에 없어요.**
Ocheon wonbakke eobsseoyo.
我只有5,000韓元。

● **지금 만 원짜리밖에 없어요.**
Jigeum manwonjjaribakke eobseoyo.
我現在只有10,000韓元。

● **가게에 손님이 한 명밖에 없어요.**
Gagee sonnimi han myeongbakke eopseoyo.
店裡只有一名顧客。

174

> 來練習吧！

달러 美金
dalleo

만 원 10,000韓元
man won

시간이 30분 30分鐘的時間
sigani samsipbun

자리가 하나 一個位子
jariga hana

＋ 밖에 없어요.
bakke eobseo.
只有～。

2 ~이/가 어떻게 돼요?(되세요?)

~i/ga etteoke dwaeyo (doeseyo)?

請問～如何？／是？

175

你可以用這個句型詢問天氣、匯率或任何你想知道更多訊息的東西，也可以用這個句型詢問某人的基本資料。如果詢問資訊的對象比你年長或者是你的長輩，要用「되세요」代替「돼요」。

Day 1

Day 2

Day 3

Day 4

Day 5

- **오늘 달러 환율이 어떻게 돼요?**
  Oneul dalleo hwanyuri eotteoke dwaeyo?
  請問今天美金匯率是多少？

- **내일 날씨가 어떻게 돼요?**
  Naeil nalssiga eotteoke dwaeyo?
  請問明天天氣如何？

- **이름이 어떻게 되세요?**
  Ireumi eotteoke doeseyo?
  請問您叫什麼名字？

- **나이가 어떻게 되세요?**
  Naiga eotteoke doeseyo?
  請問您幾歲？

176

來練習吧！

이 가게 이름 這家店的名字
i gage ireum

여기 동네 이름 這個社區的名字
yeogi dongne ireum

연락처 連絡電話
yeollakcheo

국적 國籍
gukjeok

+ 이/가 어떻게 돼요?(되세요?)
i/ga eotteoke dwaeyo?(doeseyo?)
請問～是？

單字

★ 버스 公車

177

간선버스 幹線公車
ganseonbeoseu
＊首爾長程公車

지선버스 支線公車／區間車
jiseonbeoseu
＊首爾短程公車

광역버스 廣域公車／長途客運
gwangyeokbeoseu
＊往返首爾和京畿道的公車

마을버스 社區巴士／社區小巴
maeulbeoseu
＊行駛距離比區間車更短的公車

심야버스 夜間公車
simyabeoseu
＊營運時間為凌晨12點至清晨5點的公車

순환버스 循環公車
sunhwanbeoseu
＊在特定地區往返的公車

Tip 환승 할인 轉乘折扣

　　如果在韓國轉乘大眾交通運輸工具會獲得折扣。通常適用於從公車轉乘到另一台公車，或公車轉乘地鐵。如果要轉乘地鐵，你要在票口閘門感應車票；但如果你是要轉乘公車，你必須在上車時感應車票，然後下車時再感應一次，才能獲得轉乘折扣。

132

공항버스 機場巴士
gonghangbeoseu
*會經過特定車站抵達機場的公車

관광버스 觀光巴士
gwangwangbeoseu
*團體旅客公車

Day
1

Day
2

Day
3

Day
4

Day
5

고속버스 高速巴士
gosokbeoseu
*經高速公路來往其他區域的客運

시티투어버스 市區觀光公車
sititueobeoseu
*市區觀光行程的巴士

★ **버스 정류장의 전광판** 公車站的電子看板

178

곧 도착 即將進站
gotdochak

여유 很空
yeoyu

보통 一般
botong

혼잡 擁擠
honjap

저상 低地板公車
jeosang

★ 기념품 紀念品

179

열쇠고리
yeolsoegori
鑰匙圈

엽서
yeopseo
明信片

책갈피
chaekgalpi
書籤

티셔츠
tisyeocheu
T恤

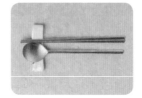

수저
sujeo
湯匙和筷子

수저 받침
sujeobatchim
筷架

★ 환전소 換錢所

180

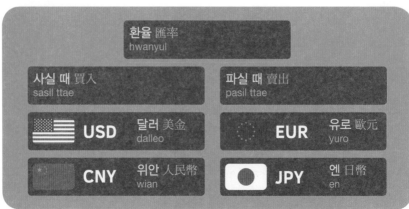

환율 匯率
hwanyul

사실 때 買入
sasil ttae

파실 때 賣出
pasil ttae

USD 달러 美金
dalleo

EUR 유로 歐元
yuro

CNY 위안 人民幣
wian

JPY 엔 日幣
en

버거 漢堡 _____ 181

불고기 버거 烤肉漢堡
bulgogi beogeo

치즈 버거 起司漢堡
chijeu beogeo

새우 버거 鮮蝦漢堡
saeu beogeo

한우 버거 韓牛漢堡
hanu beogeo

치킨 버거 雞肉漢堡
chikin beogeo

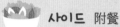 **사이드** 附餐 _____

감자 튀김 / 프렌치 프라이 薯條
gamja twigim / peurenchi peurai

너겟 雞塊
neoget

치즈 스틱 起司條
chijeuseutik

애플파이 蘋果派
aepeulpai

 소스 醬料 _____

케첩 番茄醬
kecheop

머스타드 黃芥末醬
meoseutadeu

바비큐 소스 烤肉醬
babikyu soseu

마요네즈 美乃滋
mayonejeu

 음료 飲料 _____

콜라 可樂
kolla

다이어트 콜라 零卡可樂
daieoteu kolla

Tip **불고기 버거** 烤肉漢堡

全球經營的速食連鎖餐廳會參考當地飲食習慣提供一些特別餐點。在韓國，這裡的特別餐點就是烤肉漢堡。你可以試試看其他漢堡，例如鮮蝦漢堡，這只能在韓國的速食連鎖餐廳找到。何不在平淡無奇的每日餐點中，試試看這些選項呢？

Day 1

Day 2

Day 3

Day 4

Day 5

젊음의 거리 홍대

青春街弘大

看影片 學韓語

我們終於來到了弘大，時尚潮流匯集地！有各式潮流服裝的服飾店、漂亮的咖啡廳、可以帶給你全新體驗的各式主題咖啡館、平價又有著酷炫氛圍的小餐廳和酒吧、街頭表演，還有只播放最熱門歌曲的夜店。街上播放的音樂讓我心跳加速！

練習

- 치맥 주문하기 點炸雞和啤酒
- 노래방 가보기 去練歌房（KTV）
- 증상 말하고 의약품 사기
  講述症狀以及買藥

單字

- 놀이 문화 休閒娛樂
- 술을 파는 곳 賣酒的地方
- 치킨 炸雞
- 신체 어휘 身體詞彙
- 증상과 약 症狀和藥

實境生活對話

사랑 진짜 많다.

人真的好多。

와! 저건 무슨 가게지?

哇！那是什麼店？

프라이드치킨하고 양념 치킨, 반반 주세요.

請給我們半份原味炸雞、半份洋釀炸雞。

세 명인데요, 한 시간에 얼마예요?

我們三個人，請問一小時多少錢？

소화제 있나요?

請問有消化劑嗎？

Day 1

Day 2

Day 3

Day 4

Day 5

치맥 주문하기

點炸雞和啤酒

182

남: **뭘로 주문하시겠어요?**
Mwollo jumunhasigesseoyo?
請問你想要點什麼？

여: **프라이드치킨하고 양념 치킨,
반반 주세요.**
Peuraideuchikinhago yangnyeom chikin,
banban juseyo.
請給我們半份原味炸雞、半份洋釀炸雞。

여: **음료나 술은 안 하세요?**
Eumnyona sureun an haseyo?
請問要喝點飲料或酒嗎？

남: **맥주 500(cc) 두 개, 콜라 하나 주세요.**
Maekchu Obaek du gae, kolla hana juseyo.
請給我兩杯500cc的啤酒、一杯可樂。

183

 多說幾句吧！

양념을 따로 주실 수 있나요?
Yangnyeomeul ttaro jusil su innayo?
請問醬料可以另外給嗎？

앞 접시하고 포크 좀 갖다주세요.
Ap jeopsihago pokeu jom gatdajuseyo.
請給我小碟子跟叉子。

여기 무 좀 더 갖다주세요.
Yeogi mu jom deo gatda juseyo.
請給我一些白蘿蔔。

물티슈 좀 갖다주세요.
Multisyu jom gatda juseyo.
請給我濕紙巾。

노래방 가기
去練歌房（KTV）

184

여: **세 명인데요. 한 시간에 얼마예요?**
Se myeongindeyo. Han sigane eolmayeyo?
我們三個人，請問一小時多少錢？

남: **8시 전까지는 15,000원입니다.**
Yeodeolsi jeonkkajineun manocheonwonimnida.
到晚上八點是1萬5千韓元。

여: **마이크가 잘 안 되는데요.**
Maikeuga jal an doeneundeyo.
麥克風沒聲音。

남: **몇 번 방이세요?**
Myeot beon bangiseyo?
請問是哪間包廂？

Day 1
Day 2
Day 3
Day 4
Day 5

多說幾句吧！

185

넓은 방으로 주세요.
Neolbeun bangeuro juseyo.
請給我大包廂。

책 하나만 더 갖다주세요. (노래방에 있는 선곡책)
Chaek hanaman deo gatdajuseyo.
請再幫我拿一本點歌本（KTV的點歌本）

서비스 (시간) 많이 넣어 주세요.
Seobiseu (sigan) mani neoeo juseyo.
請多送我們一些時間。

5번 방인데요, 30분만 추가해 주세요.
Obeon bangindeyo samsipbunman chugahae juseyo.
這裡是5號包廂，請幫我們加30分鐘。

증상 말하고 의약품 사기

講述症狀以及買藥

186

남: **소화제 있나요?**
Sohwaje innayo?
請問有消化劑嗎？

여: **네, 한 번에 두 알씩 드세요.**
Ne, han beone duralssik deuseyo.
有的，一次請吃兩顆。

여: **몸이 어떻게 안 좋으세요?**
Momi eotteoke an joeuseyo?
請問你哪裡不舒服？

남: **열이 나고 콧물도 나요.**
Yeori nago kotmuldo nayo.
我發燒而且流鼻水。

 多說幾句吧！
187

배가 아파요.
Baega apayo.
我肚子痛。

설사가 나요.
Seolsaga nayo.
我拉肚子。

소화가 안돼요
Sohwaga an dwaeyo.
我消化不良。

감기인 것 같아요.
Gamgiin geot gatayo.
我好像感冒了。

~ (좀) 갖다주세요.

~ (jom) gatda juseyo.

請給我～。

188

當你在餐廳或酒吧要請服務生拿什麼給你時，可以使用這個句型。定義上，這和之前我們提到的「～주세요」沒有太大不同。然而「～주세요」適用在更廣的地方，包含點餐的時候，但這個句型的使用比較特定。譬如在餐廳向服務生提出要求，請對方拿某些特定物品（如一杯飲料）或配菜給你。

- ### 잔 좀 갖다주세요.
  Jan jom gatda juseyo.
  麻煩請給我酒杯。

- ### 물티슈 좀 갖다주세요.
  Multisyu jom gatda juseyo.
  麻煩請給我濕紙巾。

- ### 여기 앞 접시 좀 갖다주세요.
  Yeogi apjeopsi jom gatda juseyo.
  麻煩請給我一些小碟子。

- ### 여기 무 좀 더 갖다주세요.
  Yeogi mu jom deo gatda juseyo.
  麻煩請再給我一些白蘿蔔。

189

來練習吧！

컵 杯子	
keop	

여기 +
yeogi
麻煩

가위 剪刀
gawi

큰 그릇 大碗
keun geureut

계산서 帳單
gyesanseo

+ (좀) 갖다주세요.
(jom) gatda juseyo.
請給我～。

2 ~이/가 아파요.

~i/ga apayo.

〜痛。

190

你可以用這個句型告訴別人你覺得疼痛的地方。以子音結尾的名詞要使用「〜이」，以母音結尾的名詞要使用「〜가」。

● **배가 아파요.**
Baega apayo.
我肚子痛。

● **머리가 아파요.**
Meoriga apayo.
我頭痛。

● **다리가 아파요.**
Dariga apayo.
我腳痛。

● **눈이 아파요.**
Nuni apayo.
我眼睛痛。

191

來練習吧！

| 이 牙齒
| i
| 손 手
| son
| 무릎 膝蓋
| mureup
| 허리 腰
| heori

+ **이/가 아파요.**
i/ga apayo.
〜痛。

*「허리」字面上指的是「腰」，但當韓國人說他們「허리」痛時，意思是下背痛。

3 ~이/가 나요.
~i/ga nayo.
我～（症狀）

192

你可以用這個句型陳述症狀。動詞「나다」的意思是有某種潛藏的東西逐漸成形，可用在各種情況。在這裡，它被用來描述症狀的樣貌。

● **열이 나요.**
Yeori nayo.
我發燒了。

Day 1

● **손에서 피가 나요.**
Soneseo piga nayo.
我的手在流血。

Day 2

● **몸에서 땀이 나요.**
Momeseo ttami nayo.
我冒冷汗。

Day 3

● **자꾸 눈물이 나요.**
Jaggu nunmuri nayo.
我一直流眼淚。

Day 4

193

Day 5

來練習吧！

콧물 流鼻涕（流鼻水）
kotmul

기침 咳嗽
gichim

재채기 打噴嚏
jaechaegi

몸살 四肢痠痛
momsal

＋ **이/가 나요.**
i/ga nayo.
我～（症狀）。

★ 놀이 문화 休閒娛樂

194

노래방
noraebang
練歌房（KTV）

PC방
PCbang
網咖

보드 게임방
bodeu geimbang
桌遊店

찜질방
Jjimjilbang
桑拿房

인형 뽑기방
inhyeong ppopgibang
夾娃娃機店

만화 카페
manhwa kape
漫畫咖啡廳

양궁 카페
yanggung kape
射箭咖啡廳（洋弓咖啡廳）

방 탈출 카페
bang talchul kape
密室逃脫

당구장
danggujang
撞球間

★ 술을 파는 곳 賣酒的地方

고깃집 燒烤店
gogitjip

횟집 生魚片專賣店
hoetjip

와인바 紅酒吧
wainba

포장마차(포차) 布帳馬車
pojangmacha(pocha)

이자카야 居酒屋
ijakaya

호프 啤酒屋
hopeu

Day 1

Day 2

Day 3

Day 4

Day 5

★ 치킨 炸雞

196

프라이드치킨 原味炸雞
peuraideu chikin

간장 치킨 醬油炸雞
ganjangchikin

양념 치킨 洋釀炸雞
yangnyeomchikin

파 닭 青蔥炸雞
pa dak

순살 치킨 無骨炸雞
sunsal chikin

마늘 치킨 蒜味炸雞
maneul chikin

크리스피 치킨 脆皮炸雞
keuriseupi tongdak

전기구이 통닭 烤雞
jeongigui tongdak

Tip 치맥 炸雞和啤酒

有特定種類的酒精飲料和食物很搭，而且常常一起出現。在韓國，這種組合包含「파전（煎餅）」和「막걸리（馬格利米酒）」、「삼겹살（五花肉）」和「소주（燒酒）」，還有「치킨（炸雞）」和「맥주（啤酒）」。韓國人非常喜歡炸雞，有多種烹飪方法，而且韓國人喜歡喝啤酒配炸雞，因此「치킨 맥주」的簡稱「치맥」就被廣用指稱這種搭配。

★ 신체 어휘 身體詞彙

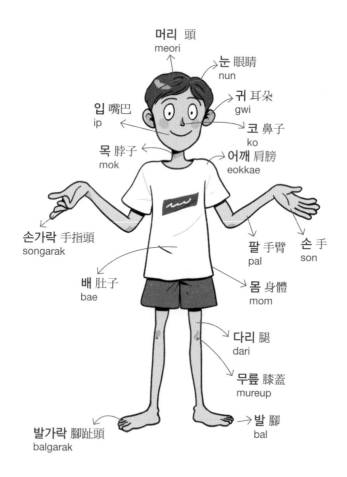

머리 頭
meori

눈 眼睛
nun

귀 耳朵
gwi

입 嘴巴
ip

코 鼻子
ko

목 脖子
mok

어깨 肩膀
eokkae

손가락 手指頭
songarak

팔 手臂
pal

손 手
son

배 肚子
bae

몸 身體
mom

다리 腿
dari

무릎 膝蓋
mureup

발가락 腳趾頭
balgarak

발 腳
bal

★ 증상 症狀

토했어요.
tohaesseoyo.
嘔吐

소화가 안돼요.
sohwaga andwaeyo.
消化不良

토할 것 같아요.
tohal geot gatayo.
想吐

배탈이 났어요.
baetari nasseoyo.
拉肚子

코가 막혀요.
koga makyeoyo.
鼻塞

가슴이 답답해요.
gaseumi dapdapaeyo.
胸悶

눈이 따가워요.
nuni ttagawoyo.
眼睛刺痛

머리가 어지러워요.
meoriga eojireowoyo.
頭暈

Day 1

Day 2

Day 3

Day 4

Day 5

199

★ 의약품 藥品

감기약 感冒藥
gamgiyak

해열제 退燒藥
haeyeolje

소화제 消化劑
sohwaje

연고 軟膏
yeongo

식염수 生理食鹽水
sigyeomsu

반창고(밴드) OK繃
banchanggo(baendeu)

진통제 止痛藥
jintongje

파스 貼布
paseu

Tip 의약품 구입 購買藥品

你可以在藥房或便利商店臨櫃購買小病用的藥品，包含感冒藥、退燒藥、止痛藥、消化劑、貼布、OK繃和小傷口用的藥膏等。

인터넷 티켓
예매와 수령

網路訂票與取票

看影片
學韓語

♥ ○ ▽   • • • • • •   🔖

如何才能讓已經很精采的韓國行錦上添花呢？參加你最喜愛的K-POP明星演唱會！如果錯過也沒關係，還有很多你可以欣賞的表演喔！譬如有許多韓國歌手參與演出的音樂劇、非語言的公演如「亂打秀」或「街舞秀」，這些秀都已演出多年。現在，讓我們點選「購票」按鈕，前進公演現場吧！

練習	單字
• 공연 예매하기 訂公演票券	• 공연의 종류 公演種類
• 예매 시 주의사항 訂票時的注意事項	• 예매 및 발권 訂票及現場購票
• 티켓 수령하기 取票	• 매표 시 사용하는 말들
• 현장 발권 現場購票	售票時使用的話

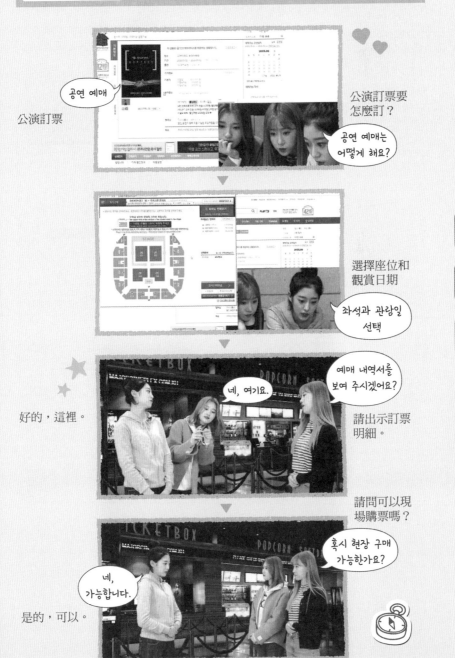

公演訂票

公演訂票要
怎麼訂？

공연 예매

공연 예매는
어떻게 해요?

選擇座位和
觀賞日期

좌석과 관람일
선택

Day 1
Day 2
Day 3

好的，這裡。

네, 여기요.

예매 내역서를
보여 주시겠어요?

請出示訂票
明細。

Day 4
Day 5

請問可以現
場購票嗎？

혹시 현장 구매
가능한가요?

是的，可以。

네,
가능합니다.

공연 예매하기
訂公演票券

200

- **예매 가능 공연 일자 확인**
  yemaeganeung gongyeonilja hwagin
  確認可訂票的公演日期
- **관람일과 회차 선택**
  gwallamilgwa hoecha seontaek
  選擇觀賞日期和場次
- **예매 가능 좌석 선택**
  yemaeganeung jwaseok seontaek
  選擇可訂票座位
- **예매하기**
  yemaehagi
  訂票

 예매 사이트 이용 순서입니다. 다음을 읽고 단어들의 의미를 확인해 보세요.
這是使用訂票網站時的操作順序，請瀏覽下列詞彙，確認它們的定義。

❶ 회원 가입
hoewon gaip
加入會員

➡

❷ 로그인
logeuin
登入

➡

❸ 공연 검색
gongyeon geomsaek
尋找公演

➡

201

❹ 예매 가능 공연 일자 확인
yemaeganeung gongyeonilja hwakin
確認可訂票的公演日期

➡

❺ 관람일과 회차 선택
gwallamilgwa hoecha seontaek
選擇觀賞日期和場次

➡

❻ 예매 가능 좌석 선택
yemaeganeung jwaseok seontaek
選擇可訂票座位

➡

❼ 예매하기
yemaehagi
訂票

➡

❽ 결제하기
gyeoljehagi
付款

예매 시 주의 사항

訂票時的注意事項

202

---

* 티켓 구매 시 볼 수 있는 문장들입니다. 다음을 읽어 보세요.
  這些是購票時會看見的句子，請試著閱讀以下文句。

● **본 공연은 1회당 4매까지만 예매가 가능합니다.**
  Bon gongyeoneun ilhoedang samaekkajiman yemaega ganeunghapnida.
  本公演一次最多可訂購四張票券。

Day 1

● **티켓 분실 시 어떠한 사유로도 재발행되지 않습니다.**
  Tiket bunsil si eotteohan sayurodo jaebalhaengdoeji aneupnida.
  票券遺失時，不論何種因素恕不補發。

Day 2

● **예매 취소 시 조건에 따라 예매 취소 수수료가 발생합니다.**
  Yemae chwiso si jogeone ttara yemae chwiso susuryoga balsaenghamnida.
  取消訂票時，將根據訂票須知收取取消手續費。

Day 3

● **현장 수령 시 신분증과 예매 내역서를 꼭 지참하세요.**
  Hyeonjang suryeong si sinbunjeunggwa yemae naeyeokseoreul kkok jichamhaseyo.
  現場取票時，請務必攜帶身分證明文件及訂票明細。

Day 4

● **공연 당일 변경이나 환불은 불가능합니다.**
  Gongyeon dangil byeongyeongina hwanbureun bulganeunghamnida.
  演出當日不可變更或退款。

Day 5

● **티켓의 불법 거래시 공연 관람이 불가할 수 있습니다.**
  Tikesui bulbeop georaesi gongyeon gwallami bulgahal su itseumnida.
  非法交易票券有可能無法入場。

● **우천 시에도 공연은 예정대로 진행됩니다.**
  Ucheon siedo gongyeoneun yejeongdaero jinhaengdoemnida.
  雨天公演仍如期舉行。

티켓 수령하기
取票

203

여: 예매 내역서를 보여 주시겠어요?
Yemae naeyeokseoreul boyeo jusigessyo?
請出示訂票明細。

남: 네, 여기요.
Ne, yeogiyo.
好的，在這裡。

남: 어느 사이트에서 예매하셨어요?
Eoneu saiteueseo yemaehasyeosseoyo?
請問您是在哪個網站訂票的？

여: 인터넷 공원에서 예매했는데요.
Inteonet gongwon yemaehaetneundeyo
我是在INTERPARK買的。

 티켓을 수령할 때 들을 수 있는 말들입니다. 잘 들어 보세요.
這些是取票時可能會聽到的話，請仔細聆聽！

204

성함과 예매 번호를 말씀해 주시겠어요?
Seonghamgwa yemae beonhoreul malsseumhae jusigesseoyo?
請告訴我您的大名和預約號碼。

신분증 확인 좀 부탁드릴게요.
Sinbunjeung hwagin jom butakdeurilgeyo.
請出示一下身分證明文件。

공연 시작 30분 전에 입장 부탁드립니다.
Gongyeon sijak samsipbunjeone ipjang butakdeurimnida.
請在節目開始30分鐘前入場。

예약자분 본인 맞으신가요?
Yeyakjabun bonin majeusingayo?
請問是訂票者本人嗎？

발권 후에는 환불 및 교환이 안 됩니다.
Balgwon hueneun hwanbul mit gyohwani an doemnida.
票券售出後不可退款或換票。

현장 발권
現場購票

205

🗨 여: **혹시 현장 구매가 가능한가요?**
Hoksi hyunjang gumaega ganeunghangayo?
請問可以現場買票嗎？

남: **네, 가능하세요.**
Ne, ganeunghaseyo.
是的，可以。

🗨 여: **어느 좌석이 남아 있나요?**
Eoneu jwaseogi nama itnayo?
請問哪裡還有空位呢？

남: **D구역과 E구역 뒤쪽 좌석이 좀 남아 있습니다.**
Diguyeokgwa iguyeok dwijjok jwaseogi jom nama itseupnida.
D區和E區後面還有一些位子。

206

多說幾句吧！

무대랑 가장 가까운 좌석은 몇 번인가요?
Mudaerang gajang gakkaun jwaseogeun myeot beoningayo?
請問離舞台最近的座位號碼是幾號？

가장 저렴한 좌석은 얼마인가요?
Gajang jeoryeomhan jwaseogeun eolmaingayo?
請問最便宜的座位多少錢？

좌석 배치도를 볼 수 있을까요?
Jwaseok baechidoreul bol su isseulkkayo?
請問我可以看一下座位表嗎？

여기로 해 주세요.
(좌석표를 손으로 가리키면서)

Yeogiro hae juseyo.
請給我這個位子。（指著座位表）

~이/가 가능한가요?

~i/ga ganeunghangayo?

請問可以~嗎？

207

這個句型是用來問某件事情可不可行，例如進入演唱會會場、換貨、取得退款或下額外的訂單。如果開始的單字有終聲，要用「이」；如果不是，要用「가」。

● **지금 입장이 가능한가요?**
Jigeum ipjangi ganeunghangayo?
現在可以進場嗎？

● **티켓 구매가 가능한가요?**
Tiket gumaega ganeunghangayo?
可以買票嗎？

● **언제까지 환불이 가능한가요?**
Eonjekkaji hwanburi ganeunghangayo?
最晚到什麼時候可以退款？

● **사이즈가 안 맞으면 교환이 가능한가요?**
Saijeuga an majeumyeon gyohwani ganeunghangayo?
如果尺寸不合，可以換貨嗎？

來練習吧！

208

당일 예약 當日預定
dangil yeyak

현장 구매 現場購票
hyeonjang gumae

해외 배송 海外配送
haeoe baesong

주문 취소 取消訂單
jumun chwiso

+ **이/가 가능한가요?**
i/ga ganeunghangayo?
可以~嗎？

2 ~이/가 얼마나 남았나요?

~i/ga eolmana namannayo?

〜還有多久？／〜還剩多少？

209

你可以使用這個句型詢問某個東西還有多少數量，例如時間、座位、食物、東西。

● **표가 얼마나 남았나요?**
Pyoga eolmana namannayo?
還剩下多少票？

● **돈이 얼마나 남았나요?**
Doni eolmana namannayo.
還剩多少錢？

● **출발 시간이 얼마나 남았나요?**
Chulbal sigani eolmana namannayo.
距離出發時間還有多久？

● **다음 콘서트까지 얼마나 남았나요?**
Daeum konseoteukkaji eolmana namannayo?
距離下一場演唱會還有多久？

210

Day 1

Day 2

Day 3

Day 4

Day 5

▸ **來練習吧！**

좌석 座位
jwaseok

브로마이드 大型照片／海報
beuromaideu

한정판 CD 限量版CD
hanjeongpan ssidi

이벤트 티켓 活動票券
ibenteu tiket

+ 이/가 얼마나 남았나요?
i/ga　eolmana namannayo?
〜還有多久？／〜還剩多少？

★ 공연의 종류 公演種類

콘서트
konseoteu
演唱會

연극
yeongeuk
舞台劇

뮤지컬
myujikeol
音樂劇

영화
yeonghwa
電影

B-boy 공연
B-boy
gongyeon
街舞秀

사물놀이
samullori
四物農樂

국악 연주회
gugak
yeonjuhoe
國樂
演奏會

판소리
pansori
板索里

★ **예매 및 발권** 訂票及印出

212

예매 yemae 預購	결제 gyeolje 付款
취소 chwiso 取消	환불 hwanbul 退款

Day 1

Day 2

Day 3

Day 4

Day 5

예매 중 yemae jung 預購中	단독 판매 dandok panmae 獨家販售	공연 정보 gongyeon jeongbo 公演資訊	상세 정보 sangse jeongbo 詳細資訊
출연진 churyeonjin 演出團隊	공연 일자 gongyeon ilja 演出日期	관람 연령 gwallam yeollyeong 觀賞年齡限制	12세 이상 sibise isang 12歲以上（含）
좌석 jwaseok 座位	회차 hoecha 場次	일시 ilsi 日期	장소 jangso 地點

공연을 기다리면서…

等待公演開始…

看影片
學韓語

♥ ◯ ◁   • • • • • • •

最後，終於到了這趟旅程的重點，一場K-Pop演唱會！隨著時間過去，你的心越跳越快，表演馬上就要開始了！越來越多人湧入會場，紀念品販賣區和食物攤販排滿整個區域。或許你可以在等待演唱會開始前的空檔交個韓國朋友。

練習

- 공연 관람 준비하기 準備欣賞公演
- 공연 기다리면서 친구 사귀기 1 (자기소개하기)
  等待公演開始的同時結交新朋友1（自我介紹）
- 공연 기다리면서 친구 사귀기 2 (대화 나누기)
  等待公演開始的同時結交新朋友2（交談）
- 응원 방법 배우기 學習應援方法

單字

- 콘서트 굿즈 演唱會周邊商品
- 음악 장르 音樂類型
- 나라 이름 國家名稱
- 자기소개 自我介紹

那個扇子是在哪裡拿的？

請問那個扇子
要去哪裡拿？

어느 나라
사랑이에요?

請問你是
哪裡人？

저는 영국
사랑이에요.

我是英國人。

제일 좋아하는
멤버가 누구예요?

你最喜歡的
團員是誰？

이 노래
응원법 알아요?

你知道這首
歌的應援方
法嗎？

Day 1

Day 2

Day 3

Day 4

Day 5

13 等待公演開始⋯ **159**

공연 관람 준비하기
準備欣賞公演

213

여: **그 부채는 어디에서 받았어요?**
Geu buchaeneun eodieseo badasseoyo?
請問那個扇子要去哪裡拿？

남: **저쪽 입구에서 나눠 주고 있어요.**
Jeojjok ipgueseo nanwo jugo isseoyo.
那邊的入口處正在發放。

여: **이 공연 티셔츠가 남았나요?**
I gongyeon tisyeocheuga namatnayo?
請問這場公演的T恤還有嗎？

남: **죄송합니다. 그 티셔츠는 품절됐습니다.**
Joesonghapnida. Geu tisyeocheuneun pumjeoldwaetseumnida.
很抱歉，那個T恤已經賣完了。

214

 多說幾句吧！

응원봉 하나 주세요.
Eungwonbong hana juseyo.
請給我一支應援棒／螢光棒。

건전지도 있어요?
Geonjeonjido isseoyo?
請問有乾電池嗎？

CD는 어디에서 구매하나요?
Ssidineun eodieseo gumaehanayo?
請問CD要在哪邊購買？

그거는 어디에서 살 수 있어요?
Geugeoneun eodieseo sal su isseoyo?
請問那個可以去哪邊買？

공연 기다리면서 친구 사귀기 1

(자기소개하기)

等待公演開始的同時結交新朋友1（自我介紹） 215

여: **어느 나라 사람이에요?**
Eoneu nara saramieyo?
請問你是哪裡人？

여: **영국 사람이에요.**
Yeongguk saramieyo.
我是英國人。

여: **이름이 뭐예요?**
Ireumi mwoyeyo?
請問你叫什麼名字？

여: **엘레나예요.**
Ellenayeyo.
我叫Elena。

216

多說幾句吧！

한국에 온 지 얼마나 됐어요? (외국 사람에게)
Hangguge on ji eolmana dwaesseoyo?
請問你來韓國多久了？（對外國人說）

어디에 살아요?
Eodie sarayo?
請問你住在哪裡？

몇 살이에요?
Myeot sarieyo?
請問你幾歲？

무슨 일 하세요?
Museun il haseyo?
請問你從事什麼工作？

Day 1
Day 2
Day 3
Day 4
Day 5

공연 기다리면서 친구 사귀기 2

(대화 나누기)
等待公演開始的同時結交新朋友 2（交談）

 217

💬 여: **팬이 된 지 얼마나 됐어요?**
Paeni doen ji eolmana dwaesseoyo?
請問你成為粉絲多久了？

여: **5년쯤 됐어요.**
5nyeonjjeum dwaesseoyo.
大概五年。

💬 여: **제일 좋아하는 멤버가 누구예요?**
Jeil joahaneun membeoga nuguyeyo?
請問你最喜歡的成員是誰？

여: **가을 언니를 제일 좋아해요.**
Gaeul eonnireul jeil joahaeyo.
我最喜歡佳乙姊姊。

 多說幾句吧！ 218

(오빠들을 / 언니들을) **좋아한 지 얼마나 됐어요?**
(Oppadeureul / eonnideureul) Joahan ji eolmana
dwaesseoyo?
你喜歡（哥哥們／姊姊們）多久了？

어떤 노래를 제일 좋아해요?
Eotteon noraereul jeil joahaeyo?
你最喜歡哪首歌？

팬클럽에 가입했어요?
Paenkeulleobe gaipaesseoyo?
你有加入後援會嗎？

지난 콘서트에도 갔어요?
Jinan konseoteuedo gasseoyo?
上次的演唱會你也有去嗎？

응원 방법 배우기
學習應援方法

여: **이 노래 응원법 알아요?**
I norae eungwonbeop arayo?
請問你知道這首歌的應援
方法嗎？

남: **네, 가르쳐 줄까요?**
Ne, gareuchyeojulkkayo?
知道，要教你嗎？

Day 1

Day 2

Day 3

여: **응원법은 어디에서 배워요?**
Eungwonbeobeun eodieseo baewoyo?
請問要去哪裡學應援方法？

남: **인터넷에서 응원법 동영상을 찾아보세요.**
Inteoneseseo eungwonbeop dongyeongsangeul chajaboseyo.
你可以上網搜尋應援方法影片。

Day 4

Day 5

多說幾句吧！

220

이 노래 응원법을 좀 가르쳐 주세요.
I norae eungwonbeobeul jom gareuchyeo juseyo.
請教我這首歌的應援方法。

다시 한 번만 보여 주세요.
Dasi han beonman boyeo juseyo.
請再示範一次。

조금 천천히 해 주세요.
Jogeum cheoncheonhi hae juseyo.
請做得稍微慢一點。

이 부분은 어떻게 발음해야 해요?
I bubuneun eotteoke bareumhaeya haeyo?
這個部分應該怎麼發音呢？

~ (으)ㄴ 지 얼마나 됐어요?

~ (eu)n ji eolmana dwaesseoyo?

你~已經多久了？

221

你可以用這個句型詢問某件事情已持續多久。如果結尾是子音，刪去動詞中的「~다」，替換成「~은 지」；如果結尾是母音，刪去動詞中的「~다」，替換成「~ㄴ 지」。

● **팬이 된 지 얼마나 됐어요?**
Paeni doen ji eolmana dwaesseoyo?
請問你成為粉絲多久了？

● **공연을 시작한 지 얼마나 됐어요?**
Gongyeoni sijakhan ji eolmana dwaesseoyo?
請問公演開始多久了？

● **한국에 온 지 얼마나 됐어요?**
Hanguge on ji eolmana dwaesseoyo?
請問你來韓國多久了？

● **밥 먹은 지 얼마나 됐어요?**
Bap meogeun ji eolmana dwaesseoyo?
距離你上一餐多久時間了？

222

> 來練習吧！

데뷔하다 出道
debwihada

결혼하다 結婚
gyeolhonhada

도착하다 抵達
dochakhada

오빠들을 좋아하다 喜歡哥哥們
Oppadeureul johahada

+ **~ (으)ㄴ 지 얼마나 됐어요?**
(eou)n ji eolmana dwaesseoyo?
你~多久了？

② (~ 중에서) 어떤 ~을/를 제일 좋아해요?

(~ jungeseo) eoddeon ~eul/reul jeil johahaeyo?

（～之中）你最喜歡哪個／哪種～？

223

這個句型可以用來詢問你最喜歡的人。如果名詞是子音結尾，用「을」；如果名詞是母音結尾，用「를」。

● **어떤 노래를 제일 좋아해요?**
Eotteon noraereul jeil joahaeyo?
你最喜歡哪首歌？

Day 1

● **어떤 멤버를 제일 좋아해요?**
Eotteon membeoreul jeil joahaeyo?
你最喜歡哪個成員？

Day 2

● **한국 음식 중에서 어떤 음식을 제일 좋아해요?**
Hangugeumsik jungeseo eotteon eumsigeul jeil joahaeyo?
韓國料理中，你最喜歡哪道餐點？

Day 3

● **과일 중에서 어떤 과일을 제일 좋아해요?**
Gwail jungeseo eotteon gwaireul jeil joahaeyo?
水果中，你最喜歡哪種水果？

Day 4

224

Day 5

來練習吧！

	가수 歌手 gasu	
어떤 + eotteon 哪種／哪個／哪部	**배우** 演員 baeu	**을/를 제일 좋아해요?** eul/reul jeil joahaeyo? 你最喜歡？
	TV 드라마 電視劇 tibi deurama	
	영화 電影 yeonghwa	

★ 콘서트 굿즈 演唱會周邊商品

225

응원봉
eungwonbong
應援棒

머리띠
meoritti
髮箍

USB 메모리
USB memori
USB隨身碟

수건
sugeon
毛巾

배지
baeji
徽章

야광봉
yagwangbong
螢光棒

티셔츠
tisyeocheu
T恤

사진
sajin
照片

메모지
memoji
便條紙

포스터
poseuteo
海報

부채
buchae
扇子

플래카드
peullaekadeu
應援板

Tip 콘서트 공연 준비하기
如何準備演唱會？

❶ 越靠近演唱會地點的瓶裝水會愈貴，可以事先在便利商店買好。

❷ 你的應援棒可能會在演唱會中途沒電，確認你有準備備用電池。

❸ 如果你想在演唱會場地買紀念品，必須早一點抵達、排隊。如果你晚到，東西很可能就賣光了。

★ 음악 장르 音樂類型

226

힙합 嘻哈 hipap	**R&B** R&B	**록** 搖滾 rok
발라드 民謠／慢歌 balladeu	**EDM** 電音	**트로트** 韓國演歌 teuroteu

★ 나라 이름 國家名稱

 대한민국(한국) 大韓民國（南韓）
daehanminguk(hanguk)

 미국 美國
miguk

 중국 中國
jungguk

 일본 日本
ilbon

호주 澳大利亞
hoju

 러시아 俄羅斯
reosia

우크라이나 烏克蘭
ukeuraina

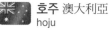 **태국** 泰國
taeguk

 **필리핀** 菲律賓
pillipin

인도네시아 印尼
indonesia

 말레이시아 馬來西亞
malleisia

 **베트남** 越南
beteunam

 **영국** 英國
yeongguk

 **프랑스** 法國
peurangseu

 독일 德國
dogil

 **이탈리아** 義大利
itallia

 **스페인** 西班牙
seupein

 **스웨덴** 瑞典
seuweden

노르웨이 挪威
noreuwei

 **핀란드** 芬蘭
pillandeu

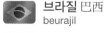 **브라질** 巴西
beurajil

 **아르헨티나** 阿根廷
areuhentina

 **페루** 秘魯
peru

 **멕시코** 墨西哥
meksiko

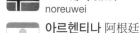 **가나** 迦納
gana

 나이지리아 奈及利亞
naijiria

 케냐 肯亞
kenya

 **남아프리카 공화국** 南非
namapeurika gonghwaguk

Day 1
Day 2
Day 3
Day 4
Day 5

★ 자기소개 自我介紹

이름 名字
ireum

나이 年齡
nai

연락처 聯絡方式
yeollakcheo

주소 地址
juso

고향 家鄉
gohyang

직업 職業
jigeop

학생 學生
haksaeng

> **Tip** 나이 물어보기는 기본 詢問年齡是稀鬆平常的事
>
> 在韓國，詢問陌生人年齡是非常尋常的事，而且完全不會顯得魯莽。了解對方的年紀可以讓人知道長幼次序，了解要如何向對方說話。因此，韓國人第一次遇到對方時，都會毫不保留地詢問對方年齡。對年長者講話時，男性會對另一名年長男性使用「형（哥哥）」、對年長女性使用「누나（姐姐）」；女性與另一名年長男性說話時，會使用「오빠（哥哥）」、對年長女性使用「언니（姐姐）」。即便跟你說話的對象與你沒有血緣關係，你還是可以用這些詞彙。

14

看影片
學韓語

기다리고 기다리던 공연 관람

觀看期待已久的公演

♥ ◯ ▽　● ● ● ● ● ●　🔖

演唱會終於開始了！能看到我最喜歡的K-POP表演者，跟其他粉絲一起為他們加油，真是太興奮了。但別忘記注意安全！閱讀這些指引，然後好好享受吧！

練習

- 좌석 찾기 尋找座位
- 주의 사항 물어보기 詢問注意事項
- 공연 관람 시 주의 사항
  觀賞公演時的注意事項
- 공연 관람 觀賞公演

單字

- 공연좌석 公演座位
- 주의 사항 표지판 注意事項標語牌
- 관람 안내 參觀指引

D구역은 어디로 가면 돼요?

請問D區要往哪邊走？

커피를 가지고 들어가도 돼요?

可以帶咖啡進去嗎？

Day 1

Day 2

Day 3

Day 4

Day 5

비상 상황 발생 시 안내 요원의 안내에 따라 대피해 주시기 바랍니다.

發生緊急狀況時，請依照工作人員指示進行疏散。

소리 질러!

哇～～～

來點歡呼聲！

좌석 찾기
尋找座位

229

● 여: **D구역은 어디로 가면 돼요?**
Diguyeogeun eodiro gamyeon dwaeyo?
請問D區要往哪邊走？

남: **2층으로 올라가셔서 오른쪽 문으로 들어가시면 돼요.**
Icheungeuro ollagasyeoseo oreunjjok muneuro deureogasimyeon dwaeyo.
上二樓，往右邊的門進去就到了。

● 여: **여기 제 자리인 것 같은데요?**
Yeogi je jariin geot gateundeyo?
這裡好像是我的位子。

남: **아, 죄송합니다. 자리를 잘못 앉았네요.**
A, joesonghamnida. Jarireul jalmot anjanneyo.
噢，不好意思，我坐錯位子了。

 多說幾句吧！

230

제 자리는 D구역 4열 8번이에요.
Je jarineun diguyeok sayeol palbeonieyo.
我的座位在D區第4排8號。

죄송합니다. 자리를 잘못 앉았네요.
Joesonghamnida. Jarireul jalmot anjanneyo.
不好意思，我坐錯位子了。

표를 한번 확인해 봐 주시겠어요?
Pyoreul hanbeon hwaginhae bwa jusigesseoyo?
可以請你確認一下你的票嗎？

저쪽 빈자리에 앉아도 돼요?
Jeo jjok binjarie anjado dwaeyo?
我可以坐那邊的空位嗎？

주의 사항 물어보기

詢問注意事項

231

💬 여: **커피를 가지고 들어가도 돼요?**
Keopireul gajigo deureogado dwaeyo?
可以帶咖啡進去嗎？

남: **음식물은 가지고 들어가실 수 없습니다.**
Eumsingmureun gajigo deureogasil su eopseupnida.
食物不可以帶進去（裡面禁止飲食）。

💬 여: **밖에 나갔다 들어올 수 있어요?**
Bakke nagatda deureool su isseoyo?
可以暫時離開再進來嗎？

남: **밖으로 나가시면 공연 중에 재입장은 불가합니다.**
Bakkeuro nagasimyeon gongyeon junge jaeipjangeun bulgahamnida.
一旦你離開了，就不能在表演期間入場。

Day 1

Day 2

Day 3

Day 4

Day 5

多說幾句吧！

232

물은 괜찮아요? (커피 등을 가지고 들어갈 수 없다고 들었을 때)
Mureun gwaenchanayo?
水可以嗎？（被告知禁止攜帶食物入內後）

공연 중간에 사진을 찍어도 되나요?
Gongyeon junggane sajineul jjigeodo doenayo?
請問表演期間可以拍照嗎？

담배는 어디에서 피워야 돼요?
Dambaeneun eodieseo piwoya dwaeyo?
請問可以在哪裡抽菸？

쓰레기는 어디에 버리나요?
Sseuregineun eodie beorinayo?
請問垃圾要丟哪裡？

공연 관람 시 주의 사항

觀賞公演時的注意事項

233

* 공연 관람 시 주의 사항입니다. 표의 뒷면을 자세히 읽어 보거나 공연 전 안내 방송을 자세히 들어 보세요.
這些是觀賞公演時的注意事項。請詳閱票券背面相關資訊，或仔細聆聽演出開始前的廣播介紹。

● 사진 및 동영상 촬영을 금지합니다.
Sajin mit dongyeongsang chwaryeongeul geumjihamnida.
禁止拍照或攝影。

● 예매하신 좌석 이외의 이동은 불가합니다.
Yemaehasin jwaseok ioeui idongeun bulgahamnida.
不可更換座位。

● 지정된 좌석에서만 관람할 수 있습니다.
Jijeongdoen jwaseogeseoman gwallamhal su itseumnida.
您只能在指定的座位觀看演出。

● 공연장 내에서는 안내 요원의 안내에 협조해 주시기 바랍니다.
Gongyeonjang naeeseoneun annaeyowonui annaee hyeopjohae jusigi baramnida.
會場內，請配合工作人員指示。

● 다른 관객 분들의 관람에 지장을 주는 행동은 삼가 주시기 바랍니다.
Dareun gwangaek bundeurui gwallame jijangeul juneun haengdongeun samga jusigi baramnida.
請不要做出任何妨礙其他觀眾的行為。

● 관람객의 안전을 방해하는 물품과 음식물의 반입을 금합니다.
Gwallamgaegui anjeoneul banghaehaneun mulpumgwa eumsingmurui banibeul geumhamnida.
禁止攜帶任何危害觀眾安全的物品和食物。

● 비상 상황 발생 시 안내 요원의 안내에 따라 대피해 주시기 바랍니다.
Bisang sanghwang balsaeng si annaeyowonui annaee ttara daepihasigi baramnida.
發生緊急狀況時，請依照工作人員指示進行疏散。

● 즐거운 공연 관람을 위해 여러분의 적극적인 협조를 부탁드립니다.
Jeulgeoun gongyeongwallameul wihae yeoreobunui jeokgeukjeogin hyeopjoreul butakdeuripnida.
敬請您積極配合，共創愉悅的體驗。

공연 관람

觀賞公演

234

남: **지금 나온 게스트가 누구예요?**
Jigeum naon geseuteuga nuguyeyo?
現在台上的特別來賓是誰？

남: **페이버릿이에요.**
Peibeorisieyo.
是Favorite。

Day 1

Day 2

Day 3

Day 4

Day 5

多說幾句吧！

235

지금 부르는 노래가 뭐예요?
Jigeum naon geseuteuga nuguyeyo?
現在台上唱的是哪首歌？

사랑해!
Saranghae!
我愛你！

다음 곡이 뭐예요?
Daeum gogi mwoyeyo?
下一首歌是什麼？

울지 마! (공연 중 가수가 울 때)
Ulji ma.
不要哭！
（演出期間表演者在舞台上哭的時候）

 가수들이 공연 중에 하는 말을 들어 보세요.
請聽聽歌手們在公演期間會說的話。

236

여러분 준비 됐어요?
Yeoreobun junbi dwaesseoyo?
你們準備好了嗎？

소리 질러!
Sori jilleo!
來點歡呼聲！

모두 뛰어!
Modu ttwieo!
全場跳起來！

~아/어도 돼요?

~a/eodo dwaeyo?

請問我可以～？

237

這個句型用於當你想尋求某人的允許去做某件事情，或是詢問你想做的事情是否是被許可的。將你用來描述的動詞結尾「다」移除，如果動詞最後的母音是「ㅗ（o）」或「ㅏ（a）」，要說「～아도 돼요？」；如果最後的母音是「ㅜ（u）」、「ㅓ（eo）」、「ㅡ（eu）」或「ㅣ（i）」，要說「～어도 돼요？」。有一個例外：如果原本的動詞結尾是「하다」，要說「～해요？」

● **여기에 앉아도 돼요?**

Yeogi anjado dwaeyo?

請問我可以坐這裡嗎？

● **사진을 찍어도 돼요?**

Sajineul jjigeodo dwaeyo?

請問我可以拍照嗎？

● **이 컴퓨터를 사용해도 돼요?**

I keompyuteoreul sayonghaedo dwaeyo?

請問我可以用這台電腦嗎？

238

來練習吧！

지금 밖에 나가다 現在去外面
jigeum bakke nagada

여기에서 음식을 먹다 在這裡吃東西
yeogieseo eumsigeul meokda

여기에서 담배를 피우다 在這裡抽菸
yeogieseo dambaereul piuda

여기에 쓰레기를 버리다 把垃圾丟在這裡
yeogie sseuregireul beorida

+ **아/어도 돼요?**
a/eodo dwaeyo?
請問我可以～嗎？

174

2 ~ 아/어 주시기 바랍니다.

~ a/eo jusigi barapnida.

請〜。

239

這個句型是用來請某人或要求某人怎麼做，常常是在演唱會會場或購物商場裡為顧客指引方向時使用。

● **일찍 와 주시기 바랍니다.**
Iljjik wa jusigi baramnida.
請提早過來。

Day 1

● **자리에 앉아 주시기 바랍니다.**
Jarie anja jusigi baramnida.
請坐在座位上。

Day 2

● **관람객 분들께서는 입장해 주시기 바랍니다.**
Gwallamgaek bundeulkkeseoneun ipjanghae jusigi baramnida.
請觀眾進場。

Day 3

● **안내 요원의 안내에 따라 대피해 주시기 바랍니다.**
Annaeyowonui annaee ttara daepihae jusigi baramnida.
請依照工作人員指示進行疏散。

Day 4

Day 5

來練習吧！

240

차례대로 줄을 서다 依序排隊
charyedaero jureul seoda

자리에서 일어서다 從座位站起來
jarieseo ireoseoda

안내에 협조하다 遵循指示
annaee hyeopjohada

대중교통을 이용하다 利用大眾運輸工具
daejunggyotongeul iyonghada

＋ **아/어 주시기 바랍니다.**
a/eo jusigi barapnida.
請〜

★ 공연 좌석 公演座位

241

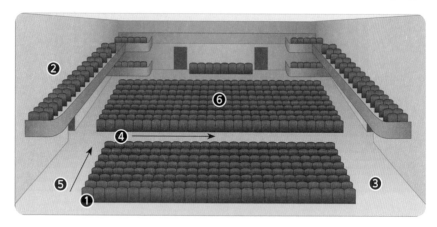

① **좌석** 座位
jwaseok

② **～층** ～樓
~cheung

③ **스탠딩 / 입석** 搖滾區
seutaending / ipseok

④ **～번** ～號
~beon

⑤ **～열** ～排
~yeol

⑥ **～구역 / 블록** ～區
~guyeok / beullok

★ 주의 사항 표지판 注意事項標語牌

242

 비상 대피로
bisang daepiro
緊急逃生路線

 관계자 외 출입 금지
gwangyeja oe churipgeumji
非工作人員請勿進入

 촬영 금지
chwaryeong geumji
禁止攝影

 공연장 내 음식물 반입 금지
gongyeonjang nae banip geumji
公演場內禁止飲食

 지정된 장소 외 흡연 금지
jijeongdoen jangso oe
heubyeon geumji
禁止在非指定區吸菸

 쓰레기 분리 배출
sseuregi bullibaechul
資源回收

★ 관람 안내 參觀指引

243

줄을 서다
jureul seoda
排隊

공연장에 입장하다
gongyeonjange ipjanghada
進入會場

자리에서 일어서다
jarieseo ireoseoda
從座位上站起來

자리에 앉다
jarie anda
坐在座位上

안내에 협조하다
annaee hyeopjohada
配合指示

대중교통을 이용하다
daejunggyotongeul
iyonghada
利用大眾運輸交通工具

음식물 반입을 삼가다
eumsingmul banibeul
samgada
禁止攜帶飲食

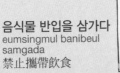

음식을 금지

신속히 대피하다
sinsoki daepihada
迅速疏散

Day 1
Day 2
Day 3
Day 4
Day 5

서울에서의 마지막 날

在首爾的最後一天

♥ ○ ▽

已經到完美旅程的最後一天了，我們必須準時抵達機場，但能不能好好利用在韓國的最後一點時間呢？我知道了！何不去機場鐵路附近的商店逛逛？讓我們用戰利品裝滿行李箱，再往機場前進吧！

練習

- 화장품 구매하기 買化妝品
- 마트에서 쇼핑하기 逛超市
- 공항철도 타기 搭乘機場鐵路

單字

- 화장품 化妝品
- 마트에서 파는 물건들 超市販賣的物品
- 공항철도 機場鐵路
- 헤어질 때 하는 말 道別時說的話

這個可以試用嗎？

這個跟這個有什麼不一樣？

要，請幫我裝袋。

要幫您裝袋嗎？

啊，該回家了！掰掰～首爾！我已經開始感到不捨了。

太好玩了。

Day 1
Day 2
Day 3
Day 4
Day 5

화장품 구매하기
買化妝品

244

여: **이거 한번 발라 볼 수 있나요?**
Igeo hanbeon balla bol su innayo?
這個可以試用嗎？

여: **네, 앞에 테스터가 있습니다.**
Ne, ape teseuteoga itseumnida.
可以，前面有試用品。

여: **이거랑 저거는 뭐가 달라요?**
Igeorang jeogeoneun mwoga dallayo?
這個跟那個有什麼不一樣？

여: **이거는 토너이고 저쪽은 에센스 제품이에요.**
Igeoneun toneoigo jeojjogeun esenseu jepumieyo.
這個是化妝水，那個是精華液。

245

 多說幾句吧！

이거 말고 다른 색깔은 없나요?
Igeo malgo dareun saekkkareun eomnayo?
請問有其他顏色嗎？

이거 말고 더 작은 건 없나요?
Igeo malgo deo jageun geon eomnayo?
請問有小一點的嗎？

이건 어떻게 쓰는 거예요?
Igeon eotteoke sseuneun geoyeyo?
請問這個要怎麼用？

자외선 차단제는 어떤 건가요?
(여러 가지 제품들 앞에서)
Jaoeseonchadanjeneun eotteon geongayo?
請問哪一個是防曬乳？（在眾多商品前）

마트에서 쇼핑하기
逛超市

여: **봉투에 담아 드릴까요?**
Bongtue dama deurilkkayo?
要幫您裝袋嗎？

남: **네, 봉투에 담아 주세요.**
Ne, Bongtue dama juseyo.
要，請幫我裝袋。

남: **이 제품 유통 기한이 언제까지예요?**
I jepum yutonggihani eonjekkajiyeyo?
請問這個商品的有效期限到什麼時候？

여: **내년 3월까지네요.**
Naenyeon samwolkkajineyo.
到明年三月。

 多說幾句吧！

247

과자는 어디에 있어요?
Gwajaneun eodie isseoyo?
請問餅乾在哪裡？

다른 맛은 없어요?
Dareun maseun eobseoyo?
請問有其他口味嗎？

한번 먹어 볼 수 있나요? (시식 코너에서)
Hanbeon meogeo bol su innayo?
我可以吃吃看嗎？（在試吃區）

안전하게 포장해 주세요.
Anjeonhage pojanghae juseyo.
請妥善包裝。

Day 1
Day 2
Day 3
Day 4
Day 5

공항 철도 타기
搭乘機場鐵路（AREX）

248

여: **공항 철도는 어디에서 타요?**
Gonghangcheoldoneun eodieseo tayo?
請問機場鐵路要去哪裡搭？

남: **저 표지판을 따라가시면 돼요.**
Jeo pyojipaneul ttara gasimyeon dwaeyo.
你跟著指示牌走就會看到了。

남: **직통열차랑 일반 열차는 뭐가 달라요?**
Jiktongyeolcharang ilbanyeolchaneun mwoga dallayo?
直達車跟普通車有什麼不同？

여: **직통열차가 15분 정도 빨리 도착합니다.**
Jiktongyeolchaga sibobun jeongdo ppalli dochakhamnida.
直達車會早15分鐘抵達。

249

多說幾句吧！

죄송한데, 좀 도와주시겠어요?
Joesonghande, jom dowajusigesseoyo?
不好意思，請問可以幫我一下嗎？

매표소는 어디에 있어요?
Maepyosoneun eodie isseoyo?
請問售票處在哪裡？

교통 카드가 안 되는데요.
Gyotong kadeuga an doeneundeyo.
交通卡不能用。

여기에서 탑승 수속도 할 수 있나요?
Yeogieseo tapseungsusokdo hal su innayo?
這裡也可以辦理搭乘手續嗎？

① (한번) ~아/어 볼 수 있나요?

(hanbeon) ~ a/eo bol su innayo?

我可以試~嗎?

250

如果你想要試用某個東西,可以使用這個句型。

● **이거 한번 발라 볼 수 있나요?**
Igeo hanbeon balla bol su innayo?
這個可以試用嗎?

● **이 옷 한번 입어 볼 수 있나요?**
I ot hanbeon ibeo bol su innayo?
這件衣服可以試穿嗎?

● **한번 해 볼 수 있나요?**
Hanbeon hae bol su innayo?
我可以試試看嗎?

Day 1

Day 2

Day 3

Day 4

Day 5

251

來練習吧!

먹다 吃 meokda	
한번 hanbeon 一下	**신다** 穿(鞋子) sinda
	타다 搭乘 tada
	하다 做 hada

+ **아/어 볼 수 있나요?**
a/eo bol su innayo?
我可以試~嗎?

② ~(이)랑 ~은/는 어떻게 달라요?

A (i)rang B eun/neun eotteoke dallayo?

請問～和～的差別是什麼？

252

你可以使用這個句型詢問相關產品或物品的不同之處。如果～的名詞結尾是子音，要用「이랑」；如果結尾是母音，要用「랑」。

- **BB크림이랑 CC크림은 어떻게 달라요?**
  Bibikeurimirang ssissikeurimeun eotteoke dallayo?
  請問BB霜和CC霜的差別是什麼？

- **직통열차랑 일반 열차는 어떻게 달라요?**
  Jiktongyeolcharang ilban yeolchaneun eotteoke dallayo?
  請問直達車和普通車的差別是什麼？

- **에센스랑 토너는 어떻게 달라요?**
  Esenseurang toneoneun eotteoke dallayo?
  請問精華液和化妝水的差別是什麼？

- **공항버스랑 공항리무진버스는 어떻게 달라요?**
  Gonghangbeoseurang gonghanglimujinbeoseuneun eotteoke dallayo?
  請問機場巴士和機場接駁公車的差別是什麼？

來練習吧！

253

린스 rinseu 潤髮乳		컨디셔너 keondisyeoneo 護髮乳	
일반 택시 ilbantaeksi 一般計程車	+ (이)랑 (i)rang 和	모범택시 mobeomtaeksi 模範計程車	+ 은/는 어떻게 달라요? (eun)neun eotteoke dallayo? 的差別在哪裡？
편의점 pyeonuijeom 便利商店		슈퍼마켓 syupeomaket 超市	

單字

★ 화장품 化妝品

기초 화장품
gicho hwajangpum
保養品

색조 화장품
saekjo hwajangpum
彩妝品

기능성 화장품
gineungseong
hwajangpum
機能性化妝品
例如美白、撫平皺
紋等。

미백 화장품
mibaek
hwajangpum
美白產品

크림
keurim
面霜

립스틱
lipseutik
口紅

자외선 차단제
jaoeseon chadanje
防曬乳

로션
losyeon
乳液

립밤
lipbam
護唇膏

토너(스킨)
toneo (seukin)
化妝水

틴트
tinteu
唇彩

쿠션
kusyeon
氣墊粉餅

에센스
esenseu
精華液

파우더
paudeo
蜜粉

클렌징
keullenjing
卸妝產品

매니큐어
maenikyueo
指甲油

Day 1

Day 2

Day 3

Day 4

Day 5

★ 마트의 코너 超市的區域

255

신선 식품 sinseon sikpum 生鮮食品	즉석 조리 식품 jeukseok jori sikpum 即食調理包	생활용품 saenghwaryong pum 生活用品	문구류 munguryu 文具類
냉동식품 naengdongsikpum 冷凍食品	건조식품 geonjosikpum 乾貨	침구류 chimguryu 寢具類	전자 제품 jeonja jepum 家電用品

★ 식품 食品

256

❶ 영양제
yeongyangje
營養品

❷ 김
gim
海苔

❸ 초콜릿
chokollit
巧克力

❹ 녹차
nokcha
綠茶

❺ 율무차
yulmucha
薏仁茶

❻ 유자차
yujacha
柚子茶

❼ 된장
doenjang
大醬

❽ 고추장
gochujang
辣椒醬

❾ 쌈장
ssamjang
包飯醬

❿ 봉지 라면
bongjiramyeon
單包泡麵

⓫ 카레
kare
咖哩

⓬ 과자
gwaja
餅乾

★ **전자제품** 家電用品

노트북
noteubuk
筆記型電腦

전기 밥솥
jeongi bapsot
電子鍋

안마기
anmagi
按摩機

청소기
cheongsogi
吸塵器

텔레비전
tellebijeon
電視機

냉장고
naengjanggo
冰箱

세탁기
setakgi
洗衣機

Day
1

Day
2

Day
3

Day
4

Day
5

★ 공항 철도 機場鐵路

258

도심 공항 터미널 市中心機場轉運站
dosim gonghang teomineol

트래블 센터 旅遊服務中心
teuraebeul senteo

환전소 換錢所
hwanjeonso

라운지 機場貴賓室
raunji

탑승 수속 登機手續
tapseung susok

출국 심사 出境審查
chulguk simsa

직통열차 표 사는 곳 直達列車售票處
jiktongyeolcha pyo saneun got

직통열차 승차권 발매기
jiktongyeolcha seungchagwon balmaegi
直達列車乘車券售票機

잘 가요.
Jal gayo.
再見（向離開的人說）

잘 있어요.
Jal isseoyo.
再見（向留著的人說）

다음에 또 만나요.
Daeume tto mannayo.
下次見。

다음에 또 올게요.
Daeume tto olgeyo.
我還會再來。

즐거웠어요.
Jeulgeowosseoyo.
我玩得很開心。

재미있었어요.
Jaemiisseosseoyo.
很有趣。

슬퍼요.
Seulpeoyo.
我傷心。

섭섭해요.
Seopseopaeyo.
我難過。

아쉬워요.
Aswiwoyo.
我捨不得。

Day 1

Day 2

Day 3

Day 4

Day 5

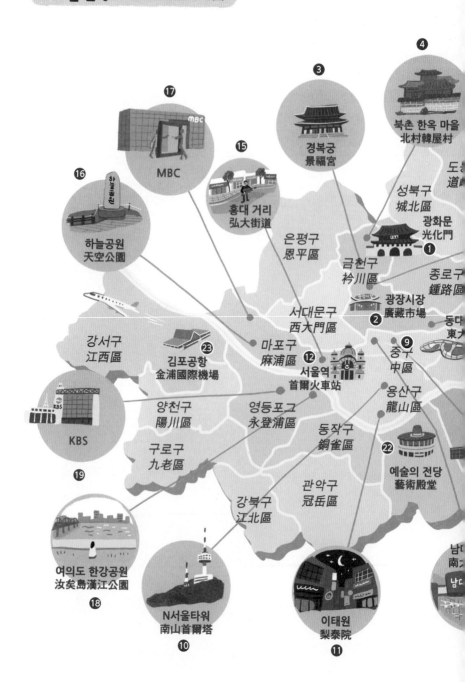

★ **서울 관광 지도** 首爾觀光地圖

❹ 북촌 한옥 마을 北村韓屋村

❸ 경복궁 景福宮

⓱ MBC

⓯ 홍대 거리 弘大街道

⓰ 하늘공원 天空公園

성북구 城北區

도峰 道峰

광화문 光化門 ❶

은평구 恩平區

금천구 衿川區

종로구 鍾路區

광장시장 廣藏市場 ❷

동대 東大

강서구 江西區

❷❸ 김포공항 金浦國際機場

서대문구 西大門區

마포구 麻浦區

❶❷ 서울역 首爾火車站

중구 中區 ❾

KBS

양천구 陽川區

영등포구 永登浦區

용산구 龍山區

❶❾

구로구 九老區

동작구 銅雀區

❷❷ 예술의 전당 藝術殿堂

여의도 한강공원 汝矣島漢江公園 ❶❽

강북구 江北區

관악구 冠岳區

N서울타워 南山首爾塔 ❶⓿

이태원 梨泰院 ❶❶

남대 南大

남다

노원구
蘆原區

❺
인사동
仁寺洞

❻

중랑구
中浪區

청계천
清溪川

…문구
大門區

…인플라자(DDP)
…十廣場（DDP）

…구
…區

광진구
廣津區

성동구
城東區

올림픽공원
奧林匹克公園

❶❷ ❹ ❸

잠실 롯데월드타워
蠶室樂天世界大廈
❷⓪

강남구
江南區

송파구
松坡區

K★STAR ROAD

한류 스타거리
韓流明星街

…초그
…草區

…장
…場

명동
明洞
❼

❽

㉑

台灣廣廈 國際出版集團
Taiwan Mansion International Group

國家圖書館出版品預行編目（CIP）資料

K-POP追星旅遊必學韓語/安鏞埈著. -- 新北市：語研學院出版
社, 2022.7
　面；　公分
ISBN 978-986-99644-8-7（平裝）
1. 韓語 2. 會話 3. 旅遊

803.288　　　　　　　　　　　　　　110017502

LA PRESS 語研學院
Language Academy Press

K-POP追星旅遊必學韓語
5天4夜玩首爾，依次學會單字、句型、會話、實用表達！

作　　　者／安鏞埈　　　　　編輯中心編輯長／伍峻宏・編輯／邱麗儒
翻　　　譯／郭于禎、李禎妮　封面設計／張家綺・內頁排版／菩薩蠻數位文化有限公司
　　　　　　　　　　　　　　製版・印刷・裝訂／東豪・弼聖・紘億・明和

行企研發中心總監／陳冠蒨　　線上學習中心總監／陳冠蒨
媒體公關組／陳柔妤　　　　　產品企製組／黃雅鈴
綜合業務組／何欣穎

發　行　人／江媛珍
法律顧問／第一國際法律事務所 余淑杏律師・北辰著作權事務所 蕭雄淋律師
出　　　版／國際學村
發　　　行／台灣廣廈有聲圖書有限公司
　　　　　　地址：新北市235中和區中山路二段359巷7號2樓
　　　　　　電話：（886）2-2225-5777・傳真：（886）2-2225-8052

代理印務・全球總經銷／知遠文化事業有限公司
　　　　　　地址：新北市222深坑區北深路三段155巷25號5樓
　　　　　　電話：（886）2-2664-8800・傳真：（886）2-2664-8801
郵政劃撥／劃撥帳號：18836722
　　　　　　劃撥戶名：知遠文化事業有限公司（※單次購書金額未達1000元，請另付70元郵資。）

■出版日期：2022年07月
ISBN：978-986-99644-8-7　　版權所有，未經同意不得重製、轉載、翻印。